Universale Economica Feltrinelli

MAURIZIO MAGGIANI
È STATA UNA VERTIGINE

Feltrinelli

Prima edizione ne "I Narratori" ottobre 2002
Prima edizione nell'"Universale Economica" settembre 2004

ISBN 88-07-81821-3

Dedicato a Valentina e Rebecca che sono cresciute assieme a queste storie. E anche adesso che le storie sono finite, loro ancora crescono e crescono e crescono.

Scusami, scusami ancor

Un uomo ha nel cuore una canzone d'amore. Quell'uomo va in giro con la sua canzone notte e giorno, e lui e lei sono una cosa sola, come lo può essere una coppia di cocorite nella gabbietta sul poggiolo, un vagabondo e i suoi fagotti per strada. La canzone è quasi vecchia come l'uomo, così che tutti e due vanno ormai per i cinquanta. In marcia stretti l'uno all'altra, come stretti per la vita sono due esseri che crescono assieme.

Quella canzone è arrivata a lui in un cinematografo, un grande cinematografo in mezzo alla buia campagna che si chiamava Cinema Centrale. L'uomo era un cucciolo di cinque o forse sei anni. Quando ripensa a quel tempo ricorda che qualcosa sapeva già leggere delle grandi scritte nei cartelloni appesi fuori dal capannone del cinema, così come sapeva sillabare i titoli dei film.

Il bambino era allora felice per molte cose, ma forse quella che lo rendeva più felice era che esistesse il cinematografo, quel Cinema Centrale, che era poi l'unico che conosceva. La natura della sua felicità non era da lui del tutto compresa, perché era fatta di molti particolari distinti, e del fatto che ognuno di quei particolari era mescolato all'altro. Era una felicità misteriosa. Dentro quella felicità c'erano la notte buia e fredda tutto intorno al cinema e dentro il cinema il tepore del velluto delle poltrone a ribalta; c'erano le inesplicabili vicende e lo straordinario fatto che un telo bianco, seppur molto grande, potesse tutte contenerle. C'erano l'oscurità e i bisbigli, e nell'oscurità il fascio di luce compatta del proiettore. Nel fascio di luce cadevano prigionieri e dibattendosi si mischiavano come pesciolini in una nassa di fiume, il fumo delle sigarette assieme ai bisbigli. C'erano nella felicità le stringhe di liquirizia e le caramelle di sei colori diversi; c'erano la cassiera con gli occhi dipinti e gli uomini con i giubboni di pelle profumati di grasso di motocicletta, le ragazze con le scarpe dal tacco a spillo e le ascelle sbuffate di talco borato Paglieri.

Abitava nel cinematografo il più grande tra tutti i misteri che lo circondavano, e questa era felicità.

La notte della canzone proiettavano al cinema una pellicola dove non c'era nessunissima storia di pistoleri, spadaccini o antichi romani; ma non per questo il bambino ne era granché rattristato. Era uno dei film che piaceva alle sue zie.

Le zie portavano al cinema il loro adorato nipote in base a un principio di grande giustizia: una pellicola con i pistoleri e una d'amore, una di spadaccini e un'altra d'amore; una volta l'una e una l'altra, tenendo anche il conto delle pellicole di spadaccini con dentro un bel po' d'amore, e quelle valevano zero. Andavano al cinema alle otto di sera di tutti i sabati, senza perderne uno da ottobre ad aprile, quando poi il Centrale restava chiuso per tutta l'estate, per fare in modo che i giovanotti della campagna potessero andare a ballare nei paesi intorno senza la paura di perdersi qualche bel film. Al bambino andava bene così, perché sapeva che così andava bene alle zie e ai fidanzati delle zie. I fidanzati pagavano i biglietti e le caramelle per tutti quanti, e se anche loro erano più contenti dei film coi pistoleri, era anche vero che nei film d'amore avevano più possibilità di baciare le loro fidanzate.

Dunque quella sera davano un film d'amore.

Mentre la pellicola andava avanti, il bambino succhiava

caramelle e frantumava semini di zucca, e gran parte di quello che accadeva nel film fluiva sopra la sua testa, distante e ignoto. Ma gli piaceva essere lì, nel buio della campagna in mezzo al buio della sala, mentre dal lato sinistro la sua zietta preferita continuava a passargli caramelle, e dal lato di destra la zietta preferita un po' meno gli dava pizzicotti perché facesse meno rumore succhiando.

Poi, nel mezzo del film, era venuta la canzone. La cantava qualcuno che non si vedeva in nessuna parte dello schermo, mentre due innamorati ballavano stretti stretti.

La canzone cantava così:

...è stata una vertigine
tenerti stretta al cuor
or ti dirò baciandoti
scusami, scusami ancor...

E subito, nel sentirla, il bambino pianse.

Piangeva senza tristezza o dolore. Piangeva, in così tenera età, di nostalgia e abbandono. Dolcemente piangeva come un vecchio randagio davanti a una finestra con dentro la luce blu della televisione accesa, come una madre che preme le mani sul ventre afflosciato nel giorno del suo primo parto. Piangeva in perfetto silenzio, senza disturbare nessuno e senza neppure smettere di succhiare la sua caramella. Piangeva lacrime che non sgorgavano.

Il bambino era stato visitato dall'amore.

Seppur così piccolo e ignaro, lui e l'amore si erano incontrati, e l'amore si era insinuato in lui con la languida fermezza di un'amante in agguato da tempo immemorabile, leggero come il frusciare di una barca nell'acqua silenziosa di un fiume notturno. Una barca che dopo un viaggio di mistero approda al piccolo molo da dove è stata un giorno varata. Un giorno che forse lui ancora non c'era.

Casomai si fossero accese all'improvviso le luci della sala e fosse stato interrogato dalle sue zie sull'improvvisa malinconia che lo aveva colmato, se gli fosse stato chiesto il perché delle lacrime che pure dovevano trasparire dal fondo dei suoi occhi – ecco, non avrebbe avuto una sola parola da dire. E non trovandola si sarebbe vergognato a morte e avrebbe cercato in tutti i modi di cacciare via il visitatore di cui nulla sapeva, se non che era arrivato come nera nave pirata da uno sconosciuto mare.

Ma le zie stavano baciando con grande dedizione i loro fidanzati e dai loro baci avanzava sì e no un pezzetto di coda dell'occhio per sbirciare la coppia che continuava a ballare in una disadorna balera.

...è stata una vertigine
tenerti stretta al cuor
or ti dirò lasciandoti
scusami, scusami ancor...

Così il bambino fu lasciato solo e in pace con la sua canzone. E indisturbata la canzone tornò con lui a casa, e quando il bambino prese sonno e finalmente poté sognare, la canzone cominciò a crescere dentro di lui. Con lui. Crescevano assieme nella notte come una coppia di topolini nel cuore di paglia di una poltrona in un grande cinema di campagna, come nella sala silenziosa e vuota del mattino crescono i film in programma per la settimana.

Da quella prima volta non l'ha mai più sentita, mai, in nessun disco, radio o televisione. Come se la canzone fosse sparita dal mondo per poter restare da sola con lui. Non gli è nemmeno mai capitato che fosse suonata da una delle orchestrine nelle molte balere che ha frequentato in cerca di una coppia di innamorati che ballasse stretta stretta mentre la canzone dice: *scusami, scusami ancor*. Per quello che ne ha saputo per tutti questi anni, quella canzone poteva anche non essere mai esistita.

Ma ciò non è di alcuna importanza, perché la canzone è

scivolata quella notte dentro di lui per mettere su casa e prosperare in eterno, e l'unico posto al mondo dove chi fosse interessato può ascoltarla in qualunque momento è proprio lì: da qualche parte dentro il cuore di quell'uomo. E oggi, nello stesso identico modo silenzioso e mite di allora, l'uomo si perde quando la canzone canta dentro di lui. Quando accade, tornano a lui, improvvisi e fugaci, la campagna, il cinema, il film; e dentro tutto questo i due innamorati che ballano stretti. Così un dolcissimo sgomento lo pervade e sente ancora una volta, tutte le volte, l'amore che è vertigine, è lasciandoti, è scusami, scusami ancor. Il primo suo amore, l'unico amore che è andato a trovarlo.

Arriverà un momento che l'uomo e la sua canzone si fermeranno da qualche parte a prendere fiato, quando, ad esempio, saranno troppo vecchi per poter sopportare la perdizione di un amore così grande. Allora penso che faranno un viaggio nella campagna fino al Cinema Centrale. Troveranno naturalmente che il cinema non c'è più, come non ci sono più la notte buia e il talco borato Paglieri e molte altre cose, eccezion fatta, forse, per le ziette, che probabilmente sono ancora assieme ai loro antichi fidanzati a vivere qua e là in quello che resta della campagna. Né i molti cambiamenti né ciò che è rimasto turberanno minimamente l'uomo e la sua canzone. A loro basterà essere lì, più o meno dove si sono incontrati. Sarà nel parcheggio di un centro commerciale o sul tetto di un magazzino degli Eredi Centrale srl, sarà da qualche parte comunque che capiranno di essere arrivati; e lì l'uomo compirà il gesto che ha coltivato racchiuso dentro di sé.

Canterà a voce spiegata. Intonerà per il cielo sopra di lui e per i clienti del supermercato, la sua canzone d'amore:

...è stata una vertigine
tenerti stretta al cuor
or ti dirò lasciandoti
scusami, scusami ancor...

E nel volgere dell'unica strofa che ha mai conosciuto, lui e la sua amata si saranno già ricongiunti in quel perduto mare oltre l'orizzonte da dove un giorno sono venuti, ognuno per la sua strada, solo per incontrarsi.

Bye-bye Doris Day

Questa mattina mia moglie mi ha restituito alcuni oggetti che le sono avanzati dalla nostra relazione. Lo ha fatto senza quel genere di cerimoniale molto seguito tra le coppie separate, sempre così complicato, sempre così mesto e nevrotico, ma in modo semplice e diretto: me li ha lasciati davanti alla porta di casa.

La cosa è avvenuta in mia assenza, come da mesi ormai in mia assenza accade qualunque altra cosa in via Oberdan. È avvenuta invece alla presenza della signora Bertanini, la mia vicina di casa, curatrice fallimentare del mio matrimonio. La signora Bertanini non era in effetti presente, secondo quello che lei stessa mi ha riferito, all'atto vero e proprio, ma è incappata sulle cose già fatte. Il volume di ciò che era stato fatto era di tale ingombro che la signora ha avuto parecchie difficoltà per entrare in casa. Questo mi ha detto: *chiedo venia per la franchezza, ma alla mia età ho dovuto scavalcare, si può immaginare signore con che patema.*

Sì, me lo posso immaginare. Ma se lo può immaginare lei, cara la mia Berta, con che patema il sottoscritto riflette su di lei che inciampa sopra gli ultimi resti del suo matrimonio? Credo di no, soffriamo di due tipi diversi di patema. Quelli della Berta servono a tenerla in vita, i miei prima o poi mi faranno morire.

Naturalmente mi sono precipitato. Prima che il teatro potesse essere corrotto da interventi esterni, prima che la Bertanini avesse il tempo di mettersi all'opera – *mi perdoni se mi sono permessa, ma ho messo un po' a posto, signore, mi prende un patema così a vedere il disordine* –, prima che le correnti d'aria che spirano dal lucernaio potessero muovere e disperdere forse un biglietto, o forse un odore.

In via Oberdan, davanti alla porta di casa mia, una montagna di roba.

Doveva essere invece tutto a posto: erano stati fatti i conti, tra me e lei, in fraternità. Ci volevamo bene. Adesso avevo solo bisogno che mi si lasciasse in pace, per qualunque cosa c'era la Bertanini.

Bisognerebbe che riuscissi a farne a meno della Bertanini, è un frutto avvelenato. Ma non c'è riuscito nemmeno suo marito. E alla fine il caro Giò ci ha lasciato le penne sul sacro suolo dell'adorata Berta. L'ho visto io andarsene, giorno dopo giorno, stroncato dalla sua diabolica accondiscendenza, macinato tra i denti d'acciaio della sua micidiale bontà. Con me non la spunterà, non stritolerà tra le sue spire il sottoscritto.

Dovrei come minimo darle meno confidenza. Ma tornerò in quella casa, non è escluso, e ci sarà bisogno di una vicina. Si potrebbe fare uno scambio con la ragazza del primo piano. Forse. Nell'evenienza che la Berta non se la sentisse più di fare tre piani di scale, la cosa si potrebbe anche proporre. Ma non sono fiducioso al riguardo. Non credo che si possa schiodare la Berta dal suo appartamento mentre ancora respira, lei che deve vegliare la lux votiva del sacrario del povero Giò.

Certo che la ragazza di giù potrebbe essere interessante: ha una consistenza così sottile da risultare addirittura trasparente. Sono sicuro che la Berta la descriverebbe slavata. Ma io la vedo, le poche volte che la vedo, diafana, libellulesca, praticamente trasparente, appunto. Parla poco, è straniera e imperscrutabile, e forse è totalmente priva di sentimenti umani, almeno di quelli a noi noti, visto che quando ha nostalgia del suolo natale, di là dalla porta dell'appartamento mai violato da occhio umano, mette su un disco di Burt Bacharach. Dicono che sia polacca. Una vicina perfetta, da lasciarle le chiavi di casa anche adesso.

Cosa mangiano di solito le polacche? Immagino cose sostanziose. La Berta si fa dei gran brodini.

Adorava, intorno all'ora del telegiornale serale, presentarsi alla porta con il pentolino del brodino. *Chiedo venia signore, ma mi dà un tale patema se penso che non ha ancora cenato.* Naturalmente questo quando c'era ancora mia moglie in casa; come se lei non importasse, come se fosse chiaro che cena non ne avrebbe mai preparato. E forse poteva anche essere, ma rientrava negli accordi tra noi, riguardava la particolare natura del nostro amore non cenare troppo spesso, tenersi leggeri per la notte.

La Berta odiava mia moglie. Odio aperto, sfacciato, indomito. E questo per lei era sincero affetto, buona cura di vicinato.

In mezzo al brodo galleggiava una carotina, sempre. Una carotina dall'aria aggressiva, puntuta. Odio il brodino e il suo inconfondibile odore di reparto geriatrico, ma vaglielo un po' a dire.

Quanto ne ho sorbito di brodo serale ai tempi belli di via Oberdan. Io con il pentolino in mano in giro per la casa e mia moglie che sghignazzava senza pietà.

Ma che si doveva fare con la Berta se non abbozzare? Il povero Giò è morto abbozzando, soffocato dalle carotine dei brodini di sua moglie.

La ragazza di giù invece potrebbe suonarmi con un piatto di gulasch fumante tra le mani, ad esempio. Mi suonerebbe lasciando la porta di casa sua aperta e io sentirei Bacharach insieme al profumo della paprika. Niente male. Forse suonerebbe e sparirebbe subito, lasciando il gulasch ai miei piedi. Ancora meglio.

Pensieri vacui. Adesso c'è da sgombrare il pianerottolo dai ripensamenti di mia moglie.

Mi manca casa mia. Mi piace casa mia. È l'unica casa che ho mai avuto, ma non è per questo. È in alto: è bello vivere in alto, oltre la linea delle boutique e dei posteggi a pagamento. È bello dire: scendo giù in città. E, se per caso non hai voglia di scendere, è bello andare al bar tabacchi minimarket a vedere se c'è qualcosa di nuovo da comprare. È persino bello salire con la spesa tagliando per la crosa. Se non piove. E se piove è bello vedere la pioggia sul mare, la nuvola sulla collina dietro casa, le finestre appannate della scuola materna piene di bambini del quartiere che dicono: "Piove maestra". E poi andare ad aspettare l'autobus circolare al bivio, sotto l'ippocastano dove il marocchino del quartiere vende buoni ombrelli a un po' di meno.

Nelle vie in alto ci sono gli alberi e persino i giardini condominiali con le ortensie. In via Oberdan ci sono ben quattro robinie, nell'ultima ha fatto il nido una civetta. È bello che nella tua via ci sia una civetta che verso le nove di sera si mette a upupare. Ma c'è anche la capinera in via Oberdan, e se si mette a cantare anche la capinera, è proprio come se fosse una strada del destino. Senza contare che alla stagione loro ci sono pure le rondini, i calabroni, sia i bombi che quelli tigrati, e persino i gechi che portano fortuna dove vanno a fare il nido.

E per tutto l'anno ci sono i bambini che scorrazzano con gli skate-board e i nonni che li stanno a guardare con il giornale in mano.

È bello vivere in una casa dove in primavera puoi quietamente metterti a sonnecchiare di qua dalla finestra, e forse un po' sognare, mentre giù in strada dei ragazzini giocano a pallone – tomp, tomp tomp – e da un balcone una voce insiste a chiamare "Stefi... Stefi...". Una voce acuta come una sirena di nave giù al porto, implorante come il verso di un animale. E la Stefi non risponde, perché è a sbaciucchiarsi con Robi, il figlio della lavasecco, sugli scalini dietro la chiesa. Come ha ben visto tutto il quartiere. Anche se ha tredici anni appena.

Mi manca casa mia, e mi manca anche mia moglie, se è per questo. Farei più bella figura a starmene zitto, ma è così. C'è stato un momento in cui ho giurato che sarei restato tutta la vita. Sono quasi certo che l'ho giurato davvero, a tutte e due, alla casa e alla moglie, forse addirittura nello stesso momento. Sembrava possibile, è sembrato più che possibile: ineluttabile.

Piuttosto difficile da spiegare come mai ora mi ritrovo in un monolocale del centro, affittasi referenziati non residenti; quando mi ci sveglio, ci metto un po' anch'io a capire. Mi tiro su nel letto cercando di orientarmi e non mi oriento, perché è tutto scombinato, perché davanti non c'è il comò di ciliegio della nonna di mia nonna, perché la finestra è dalla parte sbagliata e fuori dalla finestra non c'è niente di niente, eccezion fatta per un muro con un'altra finestra di un altro monolocale per uomini referenziati e soli. Perché c'è questo odore di non residente anche nelle lenzuola che mi sono portato da casa.

Mi gratto la testa, poggio il piede sinistro sul tappetino e sono lì che mi dico: sarebbe bello avere una chance, e un giorno, piano piano, zitto zitto, tornare da dove si era partiti.

Ma nel tempo che mi ci vuole a mettermi in piedi e alzare il coperchio del water, già so che non si può. Perché la verità è che non si torna mai, che proprio non c'è modo di farlo. È così. La vita non è un posto in cui tu puoi scarrozzare su e giù come sul cartone del Monopoli, e tornare indietro di dieci caselle senza, magari, passare dal via.

Il fatto è che se ci penso mi sento morire.

E se le cose stanno davvero così, allora è meglio lasciare la targhetta sulla porta di via Oberdan, e lasciare le chiavi alla signora Bertanini, e passare ogni tanto a vedere. Casomai ci fosse una perdita nelle tubature o il freezer da sbrinare. Quatto quatto come un ladro a casa mia, come Ulisse a Itaca, si parva licet.

Oggi non sono i tubi che perdono, è il mio matrimonio che ha allagato il pianerottolo.

È un altare, non so, un'ara votiva, una liquidazione, il cumulo dei pagamenti in natura davanti alla porta del guaritore. È dolore, dolore sorgivo.

Tutto questo ben di Dio non dovrebbe essere qui, al freddo, alla mercé di occhi lascivi. Questa masserizia è ciò che di noi è rimasto a te, moglie mia, e me l'hai vomitato qui, davanti alla Berta, la tua peggiore nemica.

Cos'è che ti è rimasto così indigesto di noi due da convincerti a rompere i patti consensuali? Come hai fatto a portare fin qui tutto quanto, chi hai trovato per farti da facchino, sfidando la Berta e i suoi giudizi ingrati?

Che forza hanno le cose di un matrimonio, che energia strepitosa, che roba tremenda. Se con le parole fai quello che vuoi e alla fine puoi sempre dire di non aver capito, o di non averlo detto, puoi dimenticare o fare finta di farlo, con le cose no. Loro non cambiano, non voltano faccia, non finiscono mai. Le cose sono la guardia d'onore all'indissolubilità del matrimonio; nelle sedie del tinello, nel tostapane appoggiato sopra il frigo abita il sacro eterno di un'unione.

Quando decidi di farla finita con un matrimonio, per prima cosa dovresti innalzare una pira e dare fuoco a tutto quanto, in modo che non resti nulla da poter dividere di ciò che è indivisibile.

Il fatto è che ora dovrò ben sgomberare. Avrei bisogno di una mano, ci sono cose pesanti, ingombranti, delicate. C'è di tutto. E nessun bigliettino.

La cosa più pesante, quella che ci vogliono due operai per portarla a destinazione e un tecnico specializzato per metterla in moto: un televisore Philips 32 pollici, sedici noni dolby surround. Il mastodonte acquistato non più tardi di un anno fa, forse ancora in garanzia. L'ultimo gesto coniugale, forse il più stupido, o forse invece il più dolce. Fuori tempo massimo, qualunque cosa volesse dire.

Noi che non avevamo mai avuto un televisore volevamo provare anche questa. Cenare, magari con qualcosa di più del brodino della Berta, e poi metterci lì, a vedere i documentari sui delfini e i film che vendono in edicola a poco e niente. Avevamo così scarsa fiducia nel mezzo che abbiamo scelto il modello più costoso, il più vistoso, il più complicato. Dobbiamo ammettere che ci abbiamo provato. Ci siamo stati lì davanti abbracciati come al cinema, assopiti nello splendore della natura selvaggia, prendendoci la mano, ogni tanto, quando sentivamo che stavamo per andare via, e ci veniva la paura che l'avremmo fatto lì, se solo ci fossimo lasciati andare a quello che covavamo.

Ci amavamo ancora un po' davanti al nostro televisore dolby surround. O avevamo soltanto paura di quello che sentivamo arrivare alla fine del programma. Ci piacevano solo i film che finivano bene. A tutti e due.

Ora non la vuoi più vedere la televisione, mi pare di aver capito. Vuoi che la veda io per tutti e due? C'è qualcosa che vuoi che io veda che non so? Per caso un documentario sui difficili rapporti tra i leoni, o sulla cova del pinguino imperatore? Non so nemmeno se c'è più il posto per il televisore in casa. Ho fatto qualche cambiamento, sai, e dove avevamo messo il televisore adesso... A dire il vero dovrei entrare per vedere cosa c'è, perché non me lo ricordo più.

Una lampada a stelo Ikea e appesi alla lampada una borsa a tracolla e uno zainetto. La lampada a lei piaceva: era la sua lampada e non credo di averla accesa una sola volta. Era sistemata accanto al sofà, ma dal suo lato. Leggeva sotto quella lampada, telefonava sotto quella lampada, discuteva sotto quella lampada, dormiva, certi pomeriggi d'inverno, con la gatta distesa sul suo ventre, sotto quella lampada. Accesa o spenta che fosse. Era il suo tetto sotto il tetto di casa nostra. Ci teneva così tanto che, quando abbiamo diviso, è stata la cosa che ho messo per prima dalla sua parte. Da oggi fa a meno anche di questa: forse ne ha comprata una più bella. Ma perché spendere dei soldi così? E perché lasciarmela qui davanti, che ad altro non mi è mai servita se non per guardare lei?

Perché? Avrà pure lasciato un messaggio da qualche parte. Un qualcosa che spieghi una ragione che sia buona anche per me e non solo per lei. Un rebus. Forse è solo uno stupido, sadico giochino. E io, secondo lei, dovrei mettere in fila una cosa via l'altra e scoprire la frase rivelatrice. L'arcano. Allora il trucco è tutto nel mettere le cose nell'ordine giusto.

Lo zainetto, non so. La macchina fotografica? Senza rullino. La borsa? La borsa sportiva per andare dappertutto, con anche un grazioso portacellulare fissato alla tracolla. Dentro la borsa tre orologi buttati lì, scivolosi a toccarli come una manciata di acciughe. Tre orologi perché tanti gliene ho regalati; allo stato attuale due rotti e uno funzionante; quelli rotti hanno forse solo le batterie da cambiare. Uno segna le sette e un quarto e l'altro le dieci, non si sa se di mattina o di sera. Comunque sono ore che non mi dicono niente: quello che è successo tra noi è successo a tutte le ore.

L'orologio funzionante è molto particolare, il pezzo forte della collezione: ha due quadranti, così si può andare all'altro capo del mondo e avere sempre con sé l'ora di casa. Siamo stati anche all'altro capo del mondo io e lei e un quadrante segna ancora quell'ora, che quando eravamo laggiù chiamavamo ora argentina.

E poi il quadro, fermato contro la porta di casa dal televisore, coperto con un tappeto, lo scendiletto con ricamato ai bordi un motivo di papere che è stato sempre dalla sua parte.

Non ho bisogno di scoprirlo per sapere di cosa si tratta: è l'unico quadro che abbiamo avuto. Gliel'ho lasciato per generosità. Ci tenevo tanto io quanto lei: molto. È il ritratto della Clementina. La gatta. Cleme la Grossa. L'Inviolata, la Vergine. Gatta di casa nostra, casa della gatta. Amava me più di lei, ma amava anche lei. Amore di gatta zitella, prepotente e scontroso. Il quadro non è stato ordinato, è un regalo, il regalo di un amico pittore. Perché la vecchia Cleme è morta e il quadro ci è arrivato un mese dopo: ci mancava molto la Cleme.

Francamente non mi pare che sia il suo ritratto, non è un dipinto realistico; ma lo abbiamo appeso sopra il televisore e lo abbiamo sempre chiamato così: la Cleme. L'avrei tenuto volentieri anch'io questo quadro, e l'amico pittore era assai più amico mio che suo, ma l'ho messo dalla sua parte di mia spontanea volontà. Si sarebbe disperata, magari in silenzio e senza farsi vedere, ma avrebbe pianto giorni e giorni se io non l'avessi fatto. Adesso eccolo qua dov'è: arrembato alla porta di casa, a dormire sotto una coperta di ochette.

Ecco, non ci capisco niente: non sono capace, non sono un tipo da indovinelli. E non credo nemmeno che sia un rebus, perché nemmeno tu sei il tipo per questi indovinelli, moglie mia. Guardo la Cleme e mi vengono in mente i suoi uccellini. Forse mi sbaglio, ma sono proprio gli uccellini che mi vengono in mente. E i gechi e i calabroni e le farfalle. I regali della Cleme. Quelli che quatta quatta, sfoggiando il suo ineffabile buon gusto, veniva a deporre al capezzale del nostro talamo nuziale. I frutti prelibati della diuturna caccia della crudele gatta. I più amorevoli. I passeri più grassi, le lucertole più ossute, i calabroni più restii alla resa finale. Ai piedi del letto, sul tappeto bordato di papere.

Ricorderai. Venivi a letto, buttavi le pantofole, salivi sul tappeto e ogni tanto col piede nudo spiaccicavi qualcosa. I regali della Cleme. Guardo la catasta che deborda dallo zerbino e sono quelli che mi vengono in mente.

E penso a te che sali le scale con il televisore stretto fra i denti. E poi la lampada e poi tutto il resto. Un pezzo alla volta, le cose più prelibate della tua caccia amorosa. È questo che hai fatto, moglie? Hai portato dei doni? È così? Dei doni per me. Proprio adesso che forse stava passando? Torniamo indietro di cinque caselle, Clementina e non passiamo nemmeno dal via? Non può essere, non succede, non funziona.

Di queste cose non ne succedono più dai tempi di Doris Day, quando noi due eravamo bambini. Poteva succedere allora, ma allora non c'era nessuna ragione al mondo per doverci lasciare. E se mai l'avessimo fatto, allora sì, potevamo andare su e giù per il Monopoli con il fiaschetto e il funghetto dove ci pareva. E non passare dal via, se nel biglietto degli imprevisti c'era scritto così. I bambini lo possono fare. Noi no, non credo.

Ma lei l'ha fatto. Con i suoi forti denti, l'ha fatto. Con fatica sovrumana ha portato i suoi doni. Vorrei poterli baciare i suoi denti; questo ora vorrei fare, e nient'altro.

Chiedo venia se l'ho disturbata signore.

Ti pareva. La Berta. Sul pianerottolo circonfusa di luce propria, avvolta nello splendore della sua vestaglia di chintz. È come la morte, sa non far rumore, lei, quando si presenta.

Perdoni l'ingombro, signora, non succederà mai più.

Si figuri, è per lei, povero signore. Per me non è niente. Si ferma un pochino?

Non troppo signora, sistemo e poi vado.

Ma tornerà per san Giovanni?

Certo che tornerò.

Davvero?

Glielo avevo promesso.

Sì, ma con tutti i suoi pensieri...

Tornerò signora Bertanini, lei deve solo farsi trovare pronta.

Lei scherza.

No, non scherzo.

È di quello che si preoccupa la Bertanini, a san Giovanni. San Giovanni che non vuole inganni. Al cielo stellato. Alla festa. Al suo personale trionfo.

È bello vivere in alto. In questa via con le quattro robinie, la civetta, la capinera e i bambini della scuola materna che salgono la crosa in fila due a due, *maestra a Davide gli scappa*. È una via così ricca, via Oberdan. Ricca delle migliori intenzioni così come è ricca di incerti destini. Ha pure il suo santo patrono, che è san Giovanni. Il Battista decollato, chiamato dai bambini che danno fuoco al suo fantoccio il Battiston.

Il solstizio d'estate. La notte dei fuochi. Nei vecchi quartieri giù in città sono anni ormai che non si accendono più i falò nei cortili. Noi quassù di via Oberdan non solo abbiamo il nostro falò, ma anche una festa, una festa vera. Abbiamo una pira che arderà tutta notte i ravatti delle nostre cantine ai piedi del Battiston, ma anche tavolini per strada al lume di candela e banchi di torte dolci e salate, la pesca con i tappi e il gran ballo.

Proprio sotto casa mia si fa il ballo, con l'orchestra di Dalila e i The New Shadow. È dai tempi del povero Giò che è così, che persino si balla. L'idea è stata sua, per far star zitta sua moglie almeno quella sera. Scendere giù con la signora a braccetto e involarsi con lei nei cieli di una mazurca di periferia. Scaccia pensieri, porta allegria. Con il mal di cuore che se lo mangiava, strusciava i piedi gonfi di uricemia da far pena a tutti, ma non alla Berta.

Ballo meglio io del vecchio Giò. Io so ballare davvero. E in cambio di tutti gli incomodi e di tutti i brodini, è da un po' di anni ormai che sono io che scendo le scale con la Berta a braccetto. E so bene che la bastarda mi preferisce di gran lunga al povero Giò. La faccio andare come una cometa leggera e libera per l'universo. E so farle ballare quello che il defunto Giò nemmeno si sognava: il Valzer delle Candele, il grande valzer degli addii.

Perché lasciarci e non sperar di rivederci ancor.
Perché lasciarci e non serbar questa speranza in cuor?

Bye-bye Doris Day.

Il pianerottolo è sgombro, al momento lascerò ogni cosa

nell'ingresso così com'è, poi si vedrà. La Cleme no, la Cleme va appesa, se non altro per rispetto alla buonanima. Ma va bene anche qui, alla parete sopra la catasta dei doni. A dare un'occhiata ai suoi doni. E lasciare decidere a lei, da qui a san Giovanni, se val la pena di inventarsi qualcosa o portare tutto quanto al falò.

È morta la Cleme

E intanto è morta la Cleme. Se n'è andata come fanno tutti gli altri gatti come lei. In perfetto silenzio, nascosta dietro la sponda del sofà, nell'angolo dove passano i tubi del riscaldamento. Se n'è andata mentre mi stavo vestendo per andare a comprarle l'ultima iniezione; avrei dovuto essere io a metterci la parola fine.

La Vecchia Cleme.

La Cleme che si è innamorata di me, di me solo per tutti i cent'anni che ha vissuto, senza conoscere volto di felino, morso di felino, né, ahi noi!, pistolino di felino.

La Vecchia Cleme. La gatta antropomorfa, la zitella malvagia, la divoratrice di pesciolini rossi, la depravata, l'inappetente, la schizzinosa. La tartaruga da premio di bellezza, la rossa leggiadra, la sfinge, la sussiegosa, la trippona.

Come era grassa negli ultimi anni. Sembrava una foca. Trotterellava per la casa con la trippa che le ballonzolava qua e là come le poppe di una capra gravida. In mezzo alla trippa c'erano le sue tettine: erano le tettine di una vergine. All'ultimo, poi, anche lei era gravida, pregna del cancro che uccide le gatte vergini, e il suo ventre si era fatto così pesante di metastasi che non poteva neppure trotterellare più.

Le ho voluto bene. Non dico che l'ho amata per non essere frainteso. Sono nato in campagna e lì non sta bene dire che ami un animale, neppure nel caso del bracchetto che viene a caccia con te da dieci anni; l'unico tuo fratello buono, che ormai parli solo con lui.

Non sta bene amare cani o gatti né vacche o cavalli. Non è indicato amare qualcuno che, questione di poco, se ne andrà. C'è una tale parsimonia d'amore nelle anime dei contadini che se proprio devono lasciarsi andare ad amare, cercano di trovarsi qualcuno che gli dia l'impressione di durare in eterno. E poi i contadini si sono fatti l'idea che gli animali non amano nessuno. Gli animali sopportano e basta, e quando sono molto intelligenti, se ne fanno anche una ragione. Né più né meno dei contadini.

Infatti la Cleme non mi ha mai amato. Al riguardo non mi ha mai mentito ed è stata sempre sincera e diretta. Da me voleva solo sesso.

Ha fatto sesso con me per tutti gli anni della sua maturità. Da quando, un giorno, allungando per la miliardesima volta la sua testona fuori dal balcone, deve aver finalmente capito che i quattro piani che, sin dagli albori della sua vita la separavano dalla strada e da una naturale felinità, sarebbero stati per sempre insormontabili. Da quando, insomma, della sua dorata cattività se ne è fatta una ragione. O forse quel giorno ha lappato dalla sua scatoletta preferita l'ormone decisivo, quello di troppo? Che ne so. Quelli là, le multinazionali delle scatolette truccano le loro porcherie. Per generare gatti dipendenti. Forse è così, forse la Vecchia Cleme era strafatta.

So solo che di punto in bianco, già ben bene adulta, forse al bivio tragico della menopausa, ha cominciato a guardarmi con altri occhi. Non saprei dire, ma come se avesse avuto una visione e ne fosse stata folgorata. E ha preso a sbavare dietro le mie ascelle, la facevano letteralmente andare fuori di sé. Una maniaca allupata. Era lì che già cominciava a soffrire dei primi disturbi della tarda maturità ed era stata presa, posseduta per la precisione, dal morbo del sesso.

Aveva costanza e nemmeno un briciolo di fantasia. La sua idea di sesso era monomaniacale. Non felina, che mi risultasse, e nemmeno umana, indecifrabile circa il genere di appartenenza, maschio, femmina o che altro.

Io lo vedevo quando era il suo momento alieno, lo vedevo dal modo che aveva di fare finta di niente. La Vecchia Cleme era perennemente nello stato di chi fa finta di niente, quella era diventata, nel corso dei suoi lunghi anni, la sua condizione prediletta. Si era sempre aggirata nella vita come un borsaiolo nel teatro delle sue losche faccende. Se non avesse saputo fare finta di niente alla perfezione, non si sarebbe sbafata quattro coppie di pesci rossi in due anni. Ad esempio.

Aveva dello stile, era elegante, era il fare finta allo stato dell'arte. Sempre di profilo, smussata, levitante e sfuggente come un pennacchio di nuvola, come una serpe d'acqua.

Ma quando andava in cimbali, dall'obliquità del suo sguardo scagliava certe saette catarifrangenti che mi si conficcavano nella coda dell'occhio come armi letali di una vedetta aliena. Aveva qualcosa negli occhi. Qualcosa dentro da fare paura, un non so che da cui traluceva una possessione selvaggia, tigresca o leonina.

La beccavo a guatarmi da avamposti impossibili. Dal paralume della lampada accanto al sofà, dall'ottavo piano della libreria, dal tetto dell'armadio di camera, da dentro il portascarpe, da dietro il water, dall'ultimo cd del portacd. Dio sa come riusciva ad arrivarci, lei che aveva messo su nove chili covandoli nell'ozio più sfrontato, nel totale disprezzo dell'esercizio fisico.

Architettava agguati. E se solo mi coglieva con la guardia abbassata, allora sferrava il suo attacco.

Attaccava senza il minimo preavviso, sempre da posizione sbieca. Spiccava un balzo pesante, da oplita. Galleggiava per un attimo nell'aria, glutinosa di trippe come una tazza di gelatina rovesciata nel vuoto siderale. Atterrava sul mio ventre indifeso, e lì piantava gli artigli con la determinazione di capitan Uncino all'arrembaggio di una dorata caravella spagnola.

Puntava diritta all'ascella. Prediligeva sorprendermi nella postura del lettore di giornale quotidiano accomodato sul sofà: con le braccia staccate dal busto e le mani ingombre di cartaccia. Comunque non si fermava di fronte a nulla, neppure a una sveltina con il suo partner intento a consumare un piatto di pasta al tavolo di cucina.

Fendeva il mio corpo come una lontra l'acqua burrosa di un'immota gora: ventre a terra, muso proteso, vibrisse appiattite, narici frementi.

Gradiva che il partner si offrisse in canottiera, ma non disdegnava di coglierlo in camicia e nemmeno in pullover. Apprezzava sommamente coglierlo in anticipo sulla sua toelette serale. Sentore di maschio. Un afrore che le inibiva le residue ataviche cautele di animale che fronteggia l'umano.

E il muso si faceva trivella, spaccapietre, testuggine aureliana. Aveva in quel suo muso abbastanza forza per aprirsi la strada fino all'alcova ascellare. E giunta che era all'agognata meta, mordeva e mordeva e mordeva. E sniffava e lappava. Lappava, sniffava e mordeva. Fino all'obnubilamento, alla spossatezza e all'abbandono.

E se ne tornava da dove era venuta, sprofondata nei recessi della sua pigrizia, sbaragliata da una tempesta ormonale che, dileguandosi, non le lasciava nemmeno la forza di cibarsi delle sue scatolette allucinogene per tirarsi un po' su.

Quel poveraccio del partner provvedeva intanto con perossido di idrogeno e altri presidi sanitari del caso a riparare i danni materiali e a prevenire infezioni.

Non mi sono mai opposto a quell'atomica di sesso; non si dice di no alla gatta che vive con te da quando è nata. E non le ho mai rinfacciato niente. Forse che lei l'ha mai fatto?

La Vecchia Cleme.

Che ora non è più da nessuna parte.

Eccezion fatta per le sue spoglie mortali riposte in una cassettina di legno compensato inumata nel boschetto sopra casa. Sotto un palmo di terra scavata con la paletta per le ortensie. Terra acida e feconda sepolta a sua volta sotto una coltre di aghi di pino.

Ora la Vecchia Cleme giace all'ombra di un alto e vecchio pino con la corteccia segnata dal nerofumo di numerosi incendi. Agli incendi è sopravvissuto e sopravviverà anche alla Cleme. E la cassetta l'ho fatta io con le mie mani, aggiustando la confezione natalizia di uno spumante di lusso. Ho raschiato via la marca e con un pennarello rosso dalla punta bella grossa ho scritto sopra: *Clementina*. E sotto: *ha riposato tutta la vita*.

Anche se non è vero, perché quando la prendeva il morbo e andava in cimbali, si dava un bel po' da fare. Oh, ma è inutile adesso stare qui a rivangare il passato.

L’orsetta

Mi manca. E per questo la sogno. Quasi tutte le notti da sei mesi, più o meno, e cioè da quando mi manca. Mi manca molto e se non la sogno tutte le notti è solo perché qualche volta sogno anche altre cose che mi mancano. Ma mi mancano di meno e le sogno solo ogni tanto.

La sogno che sorride, perché sogno una ragazza allegra. Non mi parla mai, ma non importa: sono contento di vederla così. Non voglio che mi dica qualcosa che posso capire male o, peggio ancora, che mi possa fare domande a cui potrei rispondere nel modo sbagliato. Nei sogni non si sa mai cosa può uscire di bocca; nei sogni è preferibile tenerla ben chiusa, finché si può.

Di solito è in maglietta e jeans e ho la sensazione che sia sempre verso sera, d'estate. L'inizio dell'estate, giugno. Del resto anche di giorno, quando sono sveglio, vorrei che fosse sempre giugno e che ci fosse quella luce così alta e morbida che viene verso le otto di sera. La maglietta non la conosco, deve averla comprata in questi ultimi tempi, ma i jeans sì, li riconoscerei anche da un lembo. Ce li ha da quando ci conosciamo. Infatti ormai non hanno quasi più colore.

Sono contento che per venirmi in sogno porti quei pantaloni, perché sono la cosa che le sta meglio. Lei ha un bel sedere, ma piuttosto particolare. Non posso descriverlo qui in dettaglio, ma è del tipo che una gonna non gli può rendere giustizia appieno, e nemmeno un pantalone qualunque. Il suo sedere risplende davvero solo con quei particolari modelli di jeans che sono appena appena un poco più abbondanti della misura all'anca e ben aderenti alle natiche.

Prima di lei li ha portati tanti anni or sono Doris Day in un film dove interpretava una giovane madre americana molto coraggiosa. Mi è molto piaciuta Doris Day allora che ero appena un ragazzino e non ha mai smesso di piacermi; ho nostalgia dei suoi film, dei suoi jeans e di quelle camicie che portava strette in vita con un nodo. Non mi dispiacerebbe affatto che le cose andassero come in uno dei suoi film: che un uomo, un uomo non troppo in regola ma neppure troppo stupido, potesse innamorarsi del buon uso che fa una donna dei suoi pantaloni e delle sue camicie.

Lei assomiglia in un certo qual modo a Doris Day; non soltanto nei sogni voglio dire, ma sempre. Ho desiderato molto per tutto questo tempo che assomigliasse a Doris Day, e che non si trattasse di una questione puramente fisica. Ma non ho mai cercato di suggestionarla, anche se questo particolare ha certamente avuto la sua importanza nel fatto che mi sono innamorato di lei. Non abbiamo mai visto assieme quella pellicola e non abbiamo mai parlato di quel mio antico ricordo. I jeans che le stanno così bene se li è comprati per conto suo, e raramente abbiamo parlato di giovani madri, e mai di giovani madri coraggiose. Ci ho solo pensato per conto mio.

Lei sa che ci ho pensato, lei sa solo quello.

O poco più.

Mi manca.

Dopo che l'ho sognata non cambia niente; non succede che mi manchi di più o di meno. Ho forse solo bisogno, dopo che mi sono svegliato, di un po' di tempo per rimettere le cose in ordine. Di solito mi basta fare colazione. Faccio colazioni abbondanti, al mattino ho bisogno di nutrirmi. Caffellatte bollente e tabacco forte è la mia colazione da campione.

Mentre mi nutro ascolto i notiziari del mattino alla radio e questo mi dà il senso delle proporzioni necessario per affrontare le prospettive della giornata con un certo equilibrio. La mia vita abbonda di prospettive, la mia vita è una partita a Monopoli appena iniziata e il mucchietto arancione degli imprevisti e quello grigio delle probabilità sono ancora praticamente intatti.

Mi manca.

Questa notte mi ha accompagnato in un certo posto di periferia dove conosco una trattoria che, a onor del vero, era nel sogno molto più accogliente che nella realtà. Mi ha portato con la sua automobile assieme a nostra figlia. Sembravano contente di portarmi e contente di me. Ridevano e chiacchieravano e ogni tanto sbirciavano nella mia direzione intendendosela tra loro alla perfezione. Io stavo nel sedile posteriore, nel posto che solitamente è occupato dalla bambina, e anch'io ero contento di loro e di come tutto fosse morbido e fiorito.

Le vecchie case al bordo della strada avevano alle finestre cassette di gerani francesi e nella luce della sera i muri delle case, così come i fiori e persino i cartelli stradali, sembravano colorati con i pennarelli. Mi hanno lasciato all'osteria. Non mi hanno baciato salutandomi, ma non mi è sembrato importante. Non mi mancano i suoi baci, non è quello che mi manca più di tutto.

Quando sono ripartite ho sentito un certo languore allo stomaco, come se quel viaggio in macchina, i gerani fioriti, le vecchie tiepide case del quartiere, fosse tutto quanto successo da molto tempo, e ora non restava che andare a cena.

Ma in quell'osteria non sono entrato, e non ho cenato da nessun'altra parte; mi sono svegliato ed era già ora di fare colazione.

Il sogno di questa notte non significa nulla in particolare, non credo che abbia reconditi significati che mi debbano essere disvelati. Questo sogno, così come altri forse anche più insoliti, dice una sola cosa che conta davvero: lei mi guarda.

È questo che mi manca di lei. Essenzialmente questo. Lei che mi guarda. Mi ha guardato per lunghi anni ogni giorno e per tutti questi anni io sono stato un uomo appagato. Un uomo non troppo in regola messo in regola dallo sguardo di una giovane donna. Uno sguardo speciale.

Ha un viso molto particolare. Anche Doris Day ha un viso particolare, ma il suo lo è di più. È piuttosto largo, arrotondato da due belle guance morbide; ma non tondo, perché il mento, leggermente appuntito, lo allunga un poco e gli dà gentilezza e profondità. Gentilezza, profondità e leggiadria, perché è un mento con la fossetta nel mezzo, un mento fatto apposta per dargli pizzicotti amorevoli.

Ma non è questa la maggiore attrattiva del suo viso, bensì quella sua mascherina d'ombra intorno agli occhi. Ombra leggera o cupa e fonda, a seconda di come vanno le cose della vita. Di cosa guardano i suoi occhi. Di cosa pensano i suoi occhi. I suoi occhi scuri e chiari, i suoi occhi trasparenti e artesiani.

Quando la mascherina è più netta poi, il suo viso diventa, in modo sorprendente e comico, il muso di un orsetto lavatore. La mia ragazza mi ha guardato con lo sguardo di un procione. Per molto tempo, nei momenti migliori tra noi. Selvatica e morbida come Doris Day. Ma più strana di lei, e certamente più selvatica, e forse anche più morbida. E quando giocavamo tra noi la sua mascherina sembrava che se la fosse disegnata sul viso come un trucco, come un travestimento. E mi carezzava e mi mordicchiava, bramiva e mi scarruffava come ho visto fare alle orsette lavatrici nei documentari televisivi del pomeriggio.

Quando facevamo l'amore, mi apriva e mi si intrufolava dentro come l'orsetta golosa fruga nei bidoni dell'immondizia nei cartoni della Disney. E sul collo liscio le si rizzava il pelo gattino di cui è tutta cosparsa e che quasi non si vede quando la sua ursinità è dormiente.

Avrei dovuto saperne di più del procione dentro di lei. Della foresta dove andavano a dormire i suoi occhi quando si chiudevano, della tana nella macchia fonda da dove tornavano: la misteriosa selva dei procioni.

Dovevo ascoltarlo il suo mistero, se l'amavo davvero come ho sempre creduto di amarla.

Mi hanno fregato Walt Disney e i suoi stupidi orsetti buoni a nulla; mi hanno fregato Doris Day e i suoi jeans da mamma in gamba. Mi sono fatto distrarre dai particolari, mi hanno fuorviato le immagini.

Ho sempre desiderato vivere in un film e ho pensato che con l'orsetta forse ci ero finalmente arrivato. Perché no? La tentazione era così forte: non c'è posto migliore al mondo dove vivere.

Tutto fila liscio in un film. E c'è grande giustizia dentro un film perché tutto accade come è giusto che sia. È per questo che non c'è posto migliore dove amare e dove essere amati.

L'amore in un film, in un buon film dove Doris Day ha deciso di lasciarsi amare nonostante abbia mille cose per la testa da portare a compimento, è talmente necessario, così inevitabile e dovuto, che si tratta soltanto di coglierlo lì dov'è, di prenderlo e portarlo fino alla fine. Dove loro si baciano e si stringono e si guardano l'un l'altra negli occhi così da vicino che vedono tutto. E anche quando si accendono le luci, e la gente si alza in piedi, si stira e si infila i cappotti, tutti sanno nella sala, e dentro la cabina di proiezione e nell'atrio e ovunque sia arrivata la fama di quel bel film, che non finisce lì.

Niente al mondo potrà in eterno cambiare qualcosa tra loro che si sono appena baciati; è stato sufficiente sentire la musica per capirlo.

Se fossi dentro un film sarei anche contento di morire. Basterebbe essere una comparsa qualunque e morendo avrei lo stesso la mia musica; una musica commovente e piena di significato si spargerebbe intorno a me che muoio e il pubblico e io medesimo saremmo così commossi per l'ineluttabilità e l'intima necessità di ciò che accade, da non sentire alcun angosciante dolore, ma solo compassione e tenerezza. E accettazione.

Ci fosse un po' di musica qui, adesso, che mi spiegasse le cose, che mi riassumesse l'essenziale, so che me ne andrei volentieri. Farei una ripresa dall'alto, un'inquadratura che si allarga man mano che la scena si dissolve. Vorrei che si vedesse da lassù che io me ne vado.

Ma adesso non c'è nessuna musica, adesso alla radio stanno leggendo i giornali. E quando avranno finito pescherò la mia nuova giornata dal mucchietto degli imprevisti o da quello delle probabilità, non lo so. Non ho visto ancora che numero è uscito stamattina.

Mi manca.

Mi manca lei che mi guarda dalla sua profondità silvestre; e anche se non è così importante, mi manca anche il suo pelo gattino irsuto sotto i polpastrelli del mio contropelo.

Per fortuna che la bambina le assomiglia solo un poco, e la sua faccia, anche se è così bella, non è così tonda e non assomiglia per niente al muso di procione. I suoi occhi scuri e chiari non si ombrano mai e quando sarà abbastanza grande per portarli, forse allora i jeans non li venderanno più, di nessun tipo.

E con tutto quello che c'è da fare per arrivarci, nel frattempo forse mi sarò anche dimenticato di Doris Day e del cinema in generale.

È ancora talmente piccola mia figlia che forse non ci sarà neppure più il cinema quando diventerà abbastanza grande da potermi lasciare. In fin dei conti è nata da appena sei mesi, è nata proprio la prima notte che ho sognato l'orsetta. Non una notte prima, non una notte dopo.

La vertigine e la scricchiolina

Quando dorme non c'è. Se ne va. Se stai lì a guardarla mentre parte, se con tutta la cautela del caso ti accovacci nei pressi del suo nido per goderti lo spettacolo delle sue guance che si arrotondano, e le fossette che si stirano, e le labbra che si socchiudono per la voglia che hanno i dentini conigli di sorridere per quello che sta per combinare, ecco, allora ti sembra che hai un filo stretto nelle dita, e che quel filo si tende e si tende. Finché tac, si spezza, mentre un palloncino si invola ondeggiante lassù. E rimani con il tuo filo come un fesso, abbandonato sul pavimento come una ciabatta, con il mal di schiena e il culo gelato, e solo la voglia di chiuderti in bagno a fumare una sigaretta senza pace. Perché lei è partita e fino a domani non tornerà.

Quando è sveglia non c'è. Ovverosia c'è solo quando le pare a lei; e cioè non c'è quasi mai. Perché lei ha mille cose da fare e sulle sue cose nessuno ci può mettere il becco. E così passano dei giorni interi, giorni e giorni, che lei non ti degna di uno sguardo, perché ha imparato a cavarsela da sola. E tutto quello che puoi sperare è una convocazione per sbrigarle le faccende più vili, quelle che nessun amore ha voglia di aspettarsi. Certi giorni cambi la sabbia alla sua gatta e non c'è altro amore che questo. Oppure le fai la posta per mezz'ora sulla porta del bagno per riuscire a darle un bacio, solo un bacio di sfuggita sulla sua nuca, mentre lei è lì da un'ora, due ore, una vita, a fare lo shampoo alle dodici Barbie, e quando stai per gettarti nello scatto dell'ultimo metro, la senti gracidare "ecco Silvestro il gatto maldestro", e sciaff, sulle tue labbra indegne e già socchiuse si abbatte la chioma di una di quelle sue schifose Barbie. "Ma dai, ti avevo detto di non entrare." Fai dietro front – c'è un'alternativa? – e per non strozzarla ti sputi lo shampoo nelle mani per tenerle in qualche modo occupate. E lo shampoo è il tuo personale, quello che per trovarlo bisogna andare fino all'ipermercato.

C'è quando torna, sì. Un pochino appena, ma c'è. Quando scende da lassù; quando il palloncino, sfiatando con il rumore del respiro degli angeli, torna ad adagiarsi nel fagotto sparso delle sue coperte. Sono io che la faccio scendere, che raccolgo il palloncino quando galleggia sopra gli ultimi centimetri; almeno questo. Le poso la punta del dito indice sulle labbra. Ieri sera lì ci sarebbe stato il sorriso dei dentini conigli, ma adesso le labbra sono chiuse, ed è il segno che ha consumato tutti i suoi sogni ed è il momento buono per farla tornare. Le poso la punta del dito lì, e poi la levo subito, perché non si sa mai che, una mattina fedifraga che fosse per caso già sveglia e in agguato, le venisse in testa di rifilarmi un morso: è nel suo stile.

Comunque quell'istante le basta.

Ritorna. Languida, più languida assai della sua gatta, si allunga e si contrae, si volta col muso sul cuscino e si stropiccia, stringe le mani a pugnetto e si sigilla gli occhi; e intanto le sue labbra si schiudono e i due dentini conigli si affacciano al suo piccolo, stupefatto sorriso del mattino: "Ma dai...".

E lui per quel "Ma dai..." e quel sorriso coniglio si è liquefatto in latte e miele, il suo povero cuore sbrodolato sui fiorellini azzurri del copripiumino. E tutto sciolto com'è, si precipita in cucina a darsi da fare con il latte e il Nesquik, con il succo e la merendina, le pantofole Boby di peluche belle calde e tutto l'apparato del buon risveglio. Per restare nella sua anima liquida ancora un po', qualche secondo ancora. Visto che di là non c'è scampo, e ora, ad aspettare gli arredi mattutini con i piedi nudi a penzoloni che battono il tempo, non c'è il sorriso coniglio, ma una sfilza di uffa e no. E i suoi splendidi occhi di lei sveglia. Quegli occhi che già guardano più in là di tutto quello che puoi inventarti per lei. Che non c'è più.

Dimmi se ti può bastare. Non dico saziarti, riempirti la vita e colmarti il destino. Dico: bastarti per tirare avanti senza ammalarti di abbandono. Forse, ma solo a essere degli eroi, degli eroici anacoreti gonfi di santità. Che non è il caso del qui presente. Il quale si sarebbe ammalato di certo, e forse peggio che ammalato, se non fosse arrivata la vertigine.

La vertigine tra me e lei. Giù in strada nel circo che adesso abbiamo aperto. Il nostro circo, il nostro numero, la nostra vertigine; la leggendaria quarta dimensione dove lei c'è per sempre, e io sono sempre per lei e lei per me. Tra quaggiù e lassù, tra l'asfalto di via Oberdan – che il comune non ha ancora messo a posto anche se è venuto il sindaco in persona a vedere quanto fa schifo – e il cielo infinito sopra l'asfalto.

Abbiamo imparato tutti e due assieme. Non c'è stato un momento che io lo sapevo fare e lei no, e nemmeno il contrario; lo sappiamo fare solo io e lei e l'uno senza l'altra farebbe bene a non provarcisi neppure. È stata una cosa così improvvisa che adesso non ricordo nemmeno con precisione come è successo e quando è cominciata. E sono tre mesi sì e no che lo facciamo. Non più in là di aprile di sicuro, perché mi ricordo come era azzurro pazzo il cielo e come nevicavano petali dalle acacie della crosa, e io ero felice di quella bellezza e anche triste, e non so il perché. Può essere successo un giorno che siamo usciti di casa, che sono riuscito a farla uscire di casa con me; forse è stato per andare a fare una scampagnata di fiori. A lei non piace uscire, non vorrebbe mai andare da nessuna parte che non sia dove va per conto suo, dove va quando è dentro i suoi giochi di Barbie, di casette e di cavallini. E devono essere posti meravigliosi, se non sente mai il desiderio di andare da qualche altra parte. A meno, appunto, che non ci sia da fare una scampagnata di fiori; andare sulle ripe a racçogliere primule, aglietti e tarassachi e fare mazzolini, questo le piace. Lei è molto romantica; scorbutica e romantica. Si muove sulle ripe zampettando come un gattino e bisbiglia ai fiori come una contadina; nel tornare a casa con il suo mazzetto stretto in uno stelo di avena selvatica, accorcia il passo e incede impettita e composta come una sposa con il suo bouquet. Io potrei essere il suo sposo se solo mi degnasse di uno sguardo, anche di sfuggita.

Forse eravamo usciti per fiori e aprile impazzava di blu. Io allora l'ho presa per la vita e l'ho lanciata nel cielo. Se mi avesse visto sua madre ora non starei qui a raccontarla. Ma lei non ha gridato aiuto o che altro: ha semplicemente preso il volo, e di quel volo non ha avuto proprio nessuna paura. Lei è volata su nel cielo e alla fine del suo volo si è posata sulle mie spalle, a cavallina, a gigiò, come diciamo noi. Silenziosa. E sorrideva con i denti conigli, tale e quale fosse appena discesa dai suoi sogni.

Adesso che abbiamo il nostro circo, lei, prima di posarsi sulle mie spalle, riesce a fare il salto mortale. A volte scende fino a terra, e allora fa un salto mortale e mezzo.

Dio, è così magrolina, così minuta, così scricchiolina, come fai a star tranquillo che non si faccia male? Mai di sicuro, anche se la so a memoria, anche se posso prenderla a occhi chiusi; e il guaio è che se per caso vedo che li chiude lei, lo faccio subito anch'io. Sì, lo faccio, e non tremo e non prego, e che Dio mi aiuti se dovessi sbagliare una volta sola. Ma farlo da ciechi è una cosa che ci fa impazzire.

A me e a lei, splendente come l'oro.

A noi non importa vedere, perché il nostro spettacolo ce lo abbiamo nella quarta dimensione che è qui dentro, e quello che guardiamo ci distrae soltanto, e alla fine lei è meno leggera e io meno potente. A noi due ci importa solo che lei voli alta sopra la mia testa e che scenda giù a terra lieve come un angelo; quello che conta è che io sia il suo motore silenzioso e fidato, e che tutti quelli che sono lì a guardare rimangano a bocca aperta per il mozzafiato. Per fortuna fino ad adesso non è ancora successo niente.

Anche se capita come l'altra sera che le ho fatto un pochino male; non tanto, ma un po' sì. E lei ha fatto finta di niente, perché sapeva benissimo che avevamo gli occhi chiusi tutti e due e non voleva che tutto quanto finisse per una graffiatina su un gomito. Fare finta di niente è pericolosissimo in certi momenti, ma lei, si sa, vuole fare la furba, vuole far vedere com'è superiore. Le ho detto: "Quanto male ti ho fatto?". E lei: "No, che non mi hai fatto niente, sono tutta di gomma io".

Sono tutta di gomma, come l'avrebbe detto in un film una grande regina del trapezio che si è innamorata del suo trainer zoppo; solo che all'attrice avrebbero fatto venire una o due lacrime di sofferenza agli occhi; lei, niente.

A lei basterebbe farsi passare un filino di tristezza nel sopracciglio per farmi morire. Nel senso proprio così, che mi butto per terra. A volte succede, perché ogni tanto ci prova a vedere se muoio per davvero. Perché, intendiamoci, non è che sia una santa. Lei è capace sul serio di farti dannare, così, tanto per tenere il mio povero cuore sull'orlo che si crepa e non si crepa.

Guai se ti dovesse capitare di avercela contro, incattivita come si incattivisce lei per qualcosa che le hai fatto che a te nemmeno risulta, qualcosa che solo lei sa essere un'offesa imperdonabile. Che so io, avere sapore di gelato al pistacchio o, figuriamoci, dire ciao a qualcun'altra mentre scendi con lei per la strada di casa. Un'altra che abita proprio nella stessa tua strada e non puoi davvero fare finta di non averla vista passare, anche se lei ti sta parlando tutta accorata di quel gatto dal pelo rosso che si è fatto male nel parcheggio davanti alla scuola, perché il suo padrone è molto stupido, e non sa che i gatti bisogna tenerseli stretti stretti come ci teniamo stretti noi nel nostro circo. Allora sì che, se ti distrai anche solo un secondo dalla devozione, capisci cosa vuol dire farsi umiliare, diventare merda scalpicciata ai suoi piedi, sugna per lucidarle le scarpine. E tutta la tua vita fino a quel momento, tutto il tuo amore ti pare che non sia ai suoi occhi inviperiti che bavetta di vento neppure bastante a smuoverle una sola ciocca di capelli. E ti ammali mortalmente perché non sei santo né eroe.

Ma quando succede – voglio dire che lei si adiri, che decida di farla finita con me per l'ennesima volta – non è mai nel salto, non è mai quando dobbiamo farci vedere nel salto, quando lei vola e io la faccio volare nella quarta dimensione vertiginosa. Allora è sempre proprio tutta di gomma e tutta mia. E quelli che stanno a guardare restano a ganasce penzoloni. Tutti, grandi e piccoli; perché nella nostra strada non è stato ancora inventato niente di più leggiadro, niente di più emozionante. Di più conturbante, potrei dire. E qualcuno tra lo spettabile pubblico, sia detto per inciso, li chiude anche lui gli occhi, ma dalla paura, e dall'invidia; non certo per partecipare della sublime passione per il salto mortale.

Alla fine tutti guardano lei – non certo me che non sono che il trainer – con l'espressione di gente che soppesa l'entità di una santa planata dal paradiso in terra a miracol mostrare. E del trainer, di me, penseranno qualcosa? Facile: che sono un pazzo, che sono senza cervello, il ridolini del quartiere. Ma vorrebbero essere capaci anche loro, provarci almeno, tutti. E invece solo io e lei; sempre, finché dura. Solo che non durerà in eterno. Basterà che cominci a pesare troppo; e questo non succederà tra dieci anni, ma fra un mese, due mesi, al massimo un anno. Cresce continuamente, tutti i giorni, mette su carnine da tutte le parti, si allunga e si allarga: ha già il trentacinque di scarpe.

Si vedrà.

L'uomo sul divano

In una casa di via Oberdan un uomo gioca assieme a una bambina. È pomeriggio, è maggio, e la bambina ha chiesto all'uomo di abbassare le tapparelle, così nella stanza c'è una certa penombra. Alla bambina non piace che entri troppo sole nel suo gioco; alla bambina piace molto invece che di sole ne filtri un poco soltanto tra le stecche della tapparella.

Si è sistemata al centro della stanza ed è in ginocchio dentro il recinto che ha fatto con certi pezzi speciali delle costruzioni Lego. Due palmi sopra la sua testa, tre sottili lame di luce giallo canarino tagliano in due la stanza e vanno a spiaccicarsi sulla parete di fronte, dove c'è il mobile del televisore. Illuminata vividamente, la superficie leggermente curva dello schermo riflette la parte della stanza con dentro la bambina e un pezzetto del divano dove è seduto l'uomo. Ogni tanto l'uomo si sporge in avanti per fare capolino sullo schermo, per vedere con i suoi occhi che dentro quella stanza c'è anche lui.

E questo è il gioco dell'uomo, che per il resto non ha molto da fare. La sua parte è quella di stare a guardare la bambina che gioca. L'uomo ha chiesto molto gentilmente alla bambina: "Gioco anch'io?". E la bambina gli ha risposto: "Siediti lì e stai a guardare. Ma zitto, eh?".

Poi ha aperto le sue due valigette Lego: insieme a lei, dentro il recinto ci sono sei cavallini. Sono cavallini uno diverso dall'altro; ce n'è uno tutto rosa, uno con la criniera e la coda argentate, uno con una stellina d'oro sulla fronte, e così via.

Ognuno ha il suo nome. Sono nomi che all'uomo sembrano inadatti per degli equini; Tommy, Ellis, Vanessa, Cucciolo, quelli che riesce a capire: la bambina parla sottovoce ai suoi cavalli e non vuole che l'uomo le stia troppo vicino, che si interessi attivamente al gioco.

Lui deve solo stare lì, non troppo lontano, ma nemmeno troppo vicino.

L'uomo non è contento di questo, desidererebbe moltissimo avere anche lui un suo cavallo per poter giocare. Non avrebbe nulla in contrario a farlo scegliere alla bambina, e prenderebbe per sé anche quello meno bello, pur di poter entrare nel recinto.

Invece deve starsene seduto sul divano e può solo sporgersi quel poco per cercare di capire cosa sta dicendo la bambina ai suoi animali. O per vedersi riflesso nel televisore.

Oltretutto, a differenza della bambina, l'uomo è attratto fortemente dalla luce del sole e dal pomeriggio di maggio fuori dalla finestra, sulle colline alle spalle della casa, per le crose alberate che scendono in città. Con la stessa struggente intensità con cui vorrebbe entrare nel recinto dei cavallini, così vorrebbe ora essere per strada. Avere delle scarpette da ginnastica ai piedi, una maglietta con sopra stampata qualche fesseria, e caracollare di buon passo nel refolo tiepido del maestrale. Vorrebbe scaldarsi ben bene e persino abbronzarsi, seduto su un sasso piatto ai margini della crosa, fumando una sigaretta, carezzandosi un ginocchio. Il sole lo chiama, maggio lo chiama. Dentro le lame di sole che trapassano la stanza navigano sciami di polline dei platani, e anche da lì dove è seduto odora il profumo zuccherino della resina che grondano le acacie giù nel parcheggio.

Se potesse decidere, l'uomo si prenderebbe in spalla la bambina, si riempirebbe le tasche di cavallini e merendine al latte e porterebbe tutto quanto fuori, in mezzo al pomeriggio. Se potesse, farebbe ancora di più; andrebbe fuori nel pomeriggio e porterebbe nella stanza le robinie, la crosa, un bel po' d'erba con dentro le primule, i nidi dei fringuelli, i cespugli di rododendro e la vecchia rognosa civetta sul pino della casa di fronte. Vorrebbe con tutto quel ben di Dio costruire con la bambina un recinto per i cavallini che non se ne è visto uno uguale nel mondo.

Aprirebbe ben bene la finestra innanzi tutto.

Ma l'uomo non può decidere nulla al riguardo. Dal divano contempla l'invalicabile disegno che cela in sé la bambina che ama.

La bambina bisbiglia confidenze ai suoi cavalli, li sposta, li unisce a due a due, li separa, li mette a dormire, li fa trottare, li nutre. Imita il rumore dei loro zoccoli, delle loro mascelle, delle loro voci.

A un certo punto, con il movimento improvviso e distratto dei gatti, alza la testa e scopre sopra di sé il fascio di luce, i raggi del sole che hanno preso la forma di lunghe lasagne passando dalle fessure della tapparella. Allunga le mani, le immerge dentro le lasagne, le tiene lì dentro muovendo le dita come fa quando si lava le mani: fa scorrere il sole tra le dita, le sta lavando con il sole.

L'uomo la guarda e piano piano, stando ben attento a non farsi vedere, si porta le mani al viso e preme le dita sugli occhi. Tiene gli occhi chiusi perché non vuole che si disperda attorno a sé una grande, soverchiante commozione. Dentro agli occhi comincia a piangere, perché la sua commozione non può descriverla in nessun altro modo, nemmeno con parole silenziose. Lo fa distesamente, pacificamente: piange in modo del tutto arrendevole. Piange d'amore e d'abbandono. E non smette di pensare alla bambina che si lava le mani nella luce.

E vorrebbe che Iddio potesse essere in questo momento a guardare e colmo del suo immenso amore fermasse la storia del mondo. Ora, qui, l'universo ha terminato il suo movimento.

L'uomo torna ad aprire gli occhi e si passa le dita sulle guance per sentire se gli è scappata qualche lacrima. Proprio sotto lo zigomo ne coglie una bella grossa, ancora intera. La raccoglie con l'indice e la porta alla bocca.

Nel farlo gli torna in mente che questo gli era stato un tempo un gesto familiare.

Un bel po' in là nel tempo, quando ancora era piccolo, piccolo quanto la bambina che ama, e suppergiù con gli stessi anni di lei. Allora era anche lui un bambino che coltivava un suo recondito disegno, un bambino a cui non dispiaceva giocare nella penombra e parlare sottovoce di cose segrete ai suoi cavallini. Che forse non erano cavallini, ma più probabilmente aeroplani e navi. Pensava e sentiva cose che crescevano dentro di lui in modo misterioso, forse la notte, o quando, durante il giorno, sognava. Quelle cose non sapeva dirle a nessun altro se non ai suoi aeroplanini. E se capitava a volte che provasse a dirlo a qualcuno, per amore, per paura, per vanto, uscivano fuori sotto forma di parole attorcigliate che lo facevano sentire prigioniero e solo.

Per questo motivo qualche volta piangeva. Piangeva per l'enorme sforzo che faceva, per la disperante frustrazione che ne ricavava. E siccome detestava infastidire chicchessia con le proprie lacrime, asciugava il suo pianto bevendolo. Voleva che tornasse giù da dove era venuto; voleva che nessuno fosse rattristato dalla sua tristezza. Gli era giunta voce che era molto difficile che i bambini tristi potessero essere amati.

Se qualcuno lo sorprendeva a bere le proprie lacrime, allora si sforzava di spiegare che gli sembravano zuccherate, che erano buone. Diceva che erano goccioline di zucchero. E nessuno trovava da ridire.

Invece sono salate, riconosce l'uomo, tali e quali a quelle di una volta.

Adesso che ha le mani belle pulite, la bambina torna a dar da mangiare ai suoi cavallini.

L'uomo, zitto zitto, esce per andare a lavarsi la faccia. Dal bagno sente la bambina che lo chiama. "Vieni?" E lui torna a sedersi sul divano, a giocare nella parte insoddisfacente di quello che c'è, non troppo lontano, non troppo vicino. Che è l'unica parte giusta per lui nel gioco dei cavallini.

Passa il pomeriggio mentre il sole si incurva sotto le tapparelle e le lasagne vanno a spiaccicarsi sul pavimento. Sally si è sposata con Tommy e attorno alla criniera ora ha un lungo velo rosa di bomboniera. L'uomo seduto sul divano non resiste; si schiarisce la gola incupita dal lungo silenzio, si protende rispettosamente sul bordo del recinto e chiede alla bambina: "Ma mi vuoi un pochino bene?".

L'uomo dice così, "un pochino", anche se non è esattamente il suo pensiero. Naturalmente lui vorrebbe che la bambina gli volesse tutto il bene possibile, un bene infinito. E se davvero fosse "un pochino" la quantità disponibile, lui sa che ne sarebbe mortalmente deluso. Ma dal divano, ben oltre il recinto dei cavallini, l'imperscrutabilità della bambina può comprendere anche l'evenienza del pochino. Visto dai confini del divano il pochino assume ai suoi occhi dimensioni di straordinaria grandezza e soddisfazione. È per questo che ripete: "Ma mi vuoi un pochino bene?".

La bambina sta facendo trottare fianco a fianco Sally e Tommy, novelli sposi. È stesa a terra, sollevata sui gomiti quel tanto da sentirsi autorizzata a guidare dall'alto i suoi cavalli, appena un filo sopra le loro orecchie perché possano apprezzare al meglio la canzoncina che sta cantando per loro. È un momento molto delicato questo per Sally e Tommy, e l'uomo sa quanta ragione abbia la bambina se per caso non ha sentito le sue parole, se, presa com'è, non ha dato ascolto alla sua invocazione. L'uomo seduto sul divano ora sarebbe in grado anche di apprezzare il suo silenzio e valutare con severità la propria indiscrezione.

Invece la bambina ha sentito; dal suo recinto la bambina sente tutto; sente anche ciò che accade oltre il divano, più in là della finestra, giù nella strada e forse anche più lontano ancora. La bambina ha un udito finissimo. Posa Sally e Tommy, li sistema con cura davanti alla loro nuova mangiatoia matrimoniale, si solleva sulle ginocchia, volge il capo e lo inclina un poco per guardare ben bene l'uomo negli occhi. Gonfia le guance ed emette un lungo, rumoroso sospiro, un sospiro da cartone animato, proprio quel sospiro antipatico che Titti riserva per gatto Silvestro: "Pfffuiii!!!". E mentre torna ai cavallini, nel voltare di nuovo la testa al suo recinto, un sorrisino le stira le guance. Un sorrisino appena appena, con dentro una pugnetto di parole: "Ma certo che ti voglio un po' bene".

E si alza, si sistema la maglietta che le è salita fin sopra l'ombelico e va in cucina, a prendere nel frigo una delle sue merendine al latte.

L’anno della Polacca

Un anno come oggi. Vedi a volte, quando si dice gli anniversari. Anche se questo, mi sa, non lo festeggiamo.

Erano i primi di settembre, e infatti sono i primi. Faceva tutto il caldo che era avanzato da luglio e da agosto, tale e quale. La differenza è che sono qualche ora avanti: adesso è quasi mezzanotte, l'anno scorso era intorno a mezzogiorno. Quando è arrivata la Polacca.

Già, l'anniversario della Polacca.

Quando dici settembre, non so perché ma la prima cosa che ti viene in mente è che farà più fresco. La parola stessa, dico, il suono settembre sembra che ti dia sollievo. A settembre, ad agosto ne sei convinto, comincerai ad andartene in giro senza aver bisogno di buttarti nella prima pozza d'acqua che trovi di là dalla strada. A settembre, pensi, basterà dare un'occhiata alla collina, vedere il tizio che lavora nella banca qui sotto che ha preso le ferie per vendemmiare nell'orto, e sarai finalmente sicuro che l'anno ha preso ad andare in discesa. Poi quando arriva, settembre, è peggio che a Ferragosto. Peggio perché stiamo andando verso i monsoni autunnali e l'aria è gonfia dell'umidità che si scioglierà nei piovaschi di ottobre. E così ricominci da capo a metterti in fila per trovare dove mettere uno straccio di asciugamano in qualche spiaggia non troppo lontana da arrivarci stremato. Due ore nell'acqua torbida della calma piatta senza nessun sollievo.

Settembre. Non c'è un briciolo di dolcezza a settembre, se non che il giorno è un poco più corto e il crepuscolo quel tanto più languido.

Un anno come oggi, appunto. L'anno della Polacca.

A conti fatti è andata proprio così, che è stato l'anno della Polacca. I cinesi si sono fatti l'anno del Dragone e il sottoscritto quello della Polacca. Chissà qual è che è andato meglio.

Diversamente dal Dragone in Cina, che già tre mesi prima sono già tutti lì a decifrare gli oroscopi e a scrutare le evenienze, la Polacca si è presentata all'improvviso. Che io sappia, nel palazzo non c'erano state voci che ci potessero predisporre alla sua venuta. C'era solo al terzo piano un appartamento sfitto, quello sotto il mio. Ma era vuoto da un bel po' e sotto ci covava una lite furibonda tra eredi. Oltretutto il periodo era il meno adatto a un trasloco. E io non stavo bene per niente perché soffrivo come un cane per il mal di schiena.

Faceva così caldo che una notte avevo provato a dormire sulla sdraio del terrazzo. Stupido. Con l'osteopata ancora in ferie. A pancia in su tra i vasi di dalie, a fumare una sigaretta dietro l'altra mentre aspettavo di prendere sonno. Fumare sotto le stelle nel cielo basso e pesante sopra la città mentre le falene friggevano nella lampada ammazzazanzare. Frrritz frrritz, come se avessero un gusto per l'annientamento ritmico. Fumare fino a crepare di sonno, finché ce la fai a portare la mano alle labbra, e poi dormire per modo di dire, sognando di essere sveglio. E verso le quattro trascinarsi in casa piegato in due per la recrudescenza dell'annosa discopatia. E l'osteopata in ferie fino alla metà del mese.

Faceva così caldo in quei giorni che tutto quello che vedevi intorno o erano cose beigioline o cose noisette. Portare la pancera era un tormento.

La Polacca evidentemente non aveva paura del caldo. La prima volta che si è vista era più o meno mezzogiorno. Stava traslocando. Aveva parcheggiato una macchinetta giapponese piena di scatole e sacchetti, e portava pile di quella roba su e giù per le scale. Senza ascensore.

Era bionda. Portava dei calzoncini elastici da ciclista e una maglietta con una grande faccia stampata sul davanti. Una faccia ignota. Grondava sudore. Non era magra e neppure troppo grassa. Aveva le tette perché si vedeva che i pacchi che portava tra le braccia comprimevano qualcosa di morbido. Aveva il naso appena appena un po' a patata e due labbra grandi con una gocciolina di sudore sopra quello superiore, proprio nel mezzo. La goccia brillava nel mezzogiorno come se fosse stata uno di quei piccoli gioielli che le ragazze si infilzano da ogni parte. Non sembrava una ragazza. Aveva delle belle gambe, ma non era una ragazza. Gli occhi erano piccoli, forse azzurri, forse grigi; non potevo star lì a guardarla fino a quel punto. E li teneva bassi, perché tutto quello che doveva fare era stare attenta a dove metteva i piedi. I capelli comunque non erano tinta unita, ma di quel biondo screziato che è molto meglio. In questo quartiere le bionde sono rare e ci facciamo caso. Ci sono troppe more nel nostro quartiere, assolutamente di più della media nazionale. Non so perché, visto che è un quartiere molto vario. Vario per tutto il resto, ma non per le bionde, e soprattutto per quel tipo di bionde screziate.

L'ho salutata incontrandola per le scale perché siamo usi a salutare tutti qui nel quartiere. Ha risposto qualcosa senza fermarsi. Forse ciao, non ho capito, o forse stava parlando tra sé. Se è stato ciao, si è andato a spiaccicare assieme alle gocce di sudore sui pacchi che portava. È andata avanti e indietro per un bel po'. La sentivo da casa mia. Non che mi sono messo lì a spiarla, ma ci abito proprio sopra. La Polacca ha preso l'appartamento numero sei, l'unico sfitto, del resto. È lì che l'ho lasciata. Ansimava. Nella fetta di casa che prendeva luce dalla porta socchiusa ho intravisto solo scatoloni smembrati e una gabbia di vimini per trasportare i gatti.

Ha continuato a fare su e giù con la sua roba per giorni, credo. Sono partito, sono tornato e l'ho ritrovata per le scale. Da sola. L'ho incrociata che cercava di portarsi su un materasso da sola. Avevo delle cose per le mani anch'io, ma le ho chiesto se voleva aiuto. Non ha detto di no. Quello l'ho capito. Abbiamo portato il materasso assieme. Quel materasso è stato sbatacchiato ben bene per i suoi tre piani; non credo che senza il mio aiuto ce l'avrebbe fatta. Non lo credo, ma lei ci ha provato. Pensava che ci sarebbe riuscita, aveva bisogno di farlo. Era sola. È sempre stata sola da quando si è fatta vedere qui da noi. Forse era una donna abbastanza forte e sola da potersi portare in casa un materasso con le sue mani. In due ci siamo riusciti a malapena e sui muri delle scale devono esserci ancora i segni. Soffrivo per la schiena, portavo segretamente ancora la pancera, e forse il carico non è stato equamente diviso. Chi ha portato il peso in definitiva è stata lei.

Finito il trasloco è praticamente sparita dalla circolazione.

Che la Polacca fosse polacca sono venuto a saperlo dalle mie vicine, le vedove. Questo palazzo pullula di vedove. La bionda ovviamente non è sfuggita all'occhio perspicace delle vecchie, che si sono riunite e hanno deciso per la Polonia. Hanno i loro sistemi per venire in possesso di informazioni riservate. Me ne hanno voluto parlare alla fermata dell'autobus, lontano da orecchi indiscreti e ha introdotto il tema la capodelegazione, la Bertanini: è bionda slavata, sono tutti di quel biondo lì slavato in Polonia. La Turoni ha confermato che un suo cugino di Parma è tornato dalla guerra con una polacca tale e quale. Non ho nessun interesse a obiettare alle vedove, ma, ripeto, il suo è un biondo screziato assai raro da queste parti. Non so in Polonia. Comunque so che le vedove non l'hanno presa bene. Nessuna si è presentata alla porta con un fiore del giardinetto condominiale per darle il benvenuto, e la Bertanini non le ha suonato con un po' del leggendario brodino con carota per alleviarle il peso dell'oneroso trasloco. Con me lo ha fatto più di una volta, e ciò che il brodo potrebbe alleviare è di peso assai più limitato.

Le vedove non sono portate alla simpatia verso le giovani donne che intendono stabilirsi nella nostra strada o, addirittura, nel nostro palazzo, e per loro che la nuova venuta fosse polacca era un pessimo segno, come se la polacchità fosse una condizione peccaminosa. Le vedove nutrono sentimenti razzisti appena appena velati.

So cosa pensano circa la Polacca: se ne doveva stare alla larga da via Oberdan. Qui si stava bene così. Oltretutto nel palazzo abbiamo un uomo che sta da solo. Quello là è come tutti gli altri, e sprovveduto com'è, basta molto meno di una polacca a mandare tutto a remengo. Storte e sciancate come sono, le vedove adorano l'immobilità, tramano perché l'universo intero si dia una calmata. Sanno che è l'unico modo per durare in eterno. Sorvegliano notte e giorno le fondamenta della casa per scoprire per tempo anche l'incrinatura più insignificante. Niente ai loro occhi è insignificante se può anche lontanamente insidiare il tranquillo andamento delle cose. Viviamo in un posto tranquillo e io l'ho scelto per questo. Come tutti qui.

Comunque la Polacca è venuta e si è messa a vivere tra noi in assoluto silenzio e discrezione.

Ma c'era. Questo era un fatto irrefutabile. E la casa ora pendeva un po', inutile stare lì a negarselo. Pendeva dalla parte dei suoi occhi grigi e celesti, dei suoi calzonetti da ciclista con dentro le cosce dure e tese. Pendeva dalla parte di quello che prima o poi sarebbe successo con una polacca in casa.

L'anno della Polacca.

Anche se non si faceva mai vedere in giro, l'ho potuta guardare con comodo per tutto settembre e ottobre, finché non sono cominciati i temporali. La sera.

Si sentiva che era in casa già verso le sette, sette e mezzo. Trapelavano rumori di faccende. Preparava la cena come tutti, e poi se la mangiava, e alle nove usciva a prendere aria sul terrazzino. Seduta sulla soglia della portafinestra, le gambe distese, le braccia poggiate sulle cosce. Fumava una sigaretta, spegneva la cicca in uno scatolino che teneva di lato, e restava lì, a guardare davanti a sé il panorama; la città, le rondini finché non se ne sono andate, l'ulivo di Edilio. Immobile per mezz'ora, un'ora. Io me ne stavo nel mio di terrazzo, a guardarla. Non a spiarla, a guardarla: c'è una certa differenza. Da lì non l'ho mai potuta vedere intera com'era; anche a sporgermi potevo vedere solo le gambe, le braccia, il fumo della sigaretta, lo scatolino e, ogni tanto, quando si chinava un poco in avanti per spegnere la sigaretta, la nuca e i capelli biondi screziati. Tutte le sere finché non ha iniziato a piovere.

Lo ha fatto, quello di prendere aria sul terrazzino, anche per tutto il periodo asciutto dell'inverno. Non ha mai smesso di farlo. Ho solo smesso io di guardarla, ma lei non ha mai desistito, nemmeno nelle sere di tramontana, quando gelavano i tubi dell'acqua. In questo si differenzia certamente una polacca da uno di noi: non ha paura del freddo. Io il freddo non lo sopporto e nell'inverno tutto quello che ho fatto è stato di dare una veloce occhiata giù, per vedere se c'era. C'era, sempre.

L'anno della Polacca.

Non c'era mai, non la incontravi mai, non faceva niente delle cose che facciamo tutti. Non portava i suoi vestiti alla lavasecco in via Carso e non si tagliava i capelli dalla parrucchiera di via Plava, non comprava carne dal macellaio né pane dal fornaio. Non si è vista nemmeno la sera di san Giovanni, alla festa del nostro quartiere. Nessuno le è andato a chiedere se collaborava, se magari faceva una torta polacca per la cena comune o un turno di cassa alla lotteria dei tappi. Comunque non c'era, a meno che non si fosse messa a guardarci di nascosto mentre facevamo baldoria. Ma di sicuro non si è messa sul suo terrazzino a fumare, perché a questo ci ho badato io.

Però c'era. E la casa pendeva. E le vedove ratelavano sottovoce sui pianerottoli e tramavano in riunioni segrete nel giardinetto dietro la casa. Il giardinetto delle ortensie era di loro esclusivo usufrutto per decreto condominiale. All'ombra di quei tre metri quadrati a ridosso del muro cieco del palazzo, dove le ortensie fiorivano solo ad agosto e di un viola così cupo da far venire gli strizzoni allo stomaco, covava più risentimento che nel cortile di un orfanotrofio. Mi guardavano passare torve e lacrimose e improvvisamente silenti come al passaggio di un feretro.

E così ho pensato che avrei potuto innamorarmi di lei.

Non mi bastava che la casa pendesse; avrei di gran lunga preferito che venisse giù tutt'intera com'era. Capita di essere presi da questo genere di idee distruttive, anche a essere pacifici di natura e per consapevole scelta.

Ci sono certi momenti in cui non importa se stai bene così come sei; a un certo punto, nel bel mezzo del tuo star bene ti sovviene che tutta 'sta beatitudine non è per niente una cosa interessante. È un tipico pensiero di quelli che ti colgono a tradimento. E così ti viene da ricordare di come ai bei vecchi tempi era eccitante stare male. Magari non troppo, ma abbastanza da mettere in movimento tutto quello che adesso vedi fermo, immobile intorno a te e dentro di te. Visto che non sei stupido e sai bene che ti sei conquistato la tua pace con l'immobilità, tenendo a debita distanza tutto quanto può guastarla. Ti accorgi di esserti ridotto tale e quale alle vedove, con in più il fatto, non trascurabile, che non hai perso nulla di quello che loro hanno perso, ma lo hai semplicemente lasciato alle spalle, strada facendo. Una strada che ti ha portato fin dove sei, a star bene come stanno bene le ortensie dietro il palazzo o l'ulivo nel giardino di Edilio. Bene, come stanno bene le vedove, cespugliacci di edera dura come il ferro inchiavardata al muro cieco della casa.

Mi ricordo che mi svegliavo l'autunno scorso, certe mattine, che mi sembrava di essere in paradiso. Gli uccellini che cinguettavano sull'ulivo di Edilio, i bambini che berciavano all'entrata della scuola di fronte, il mare turchino in fondo oltre il bordo della finestra. L'odore di un lungo sonno tranquillo sul cuscino, l'odore di buon tabacco e deodorante alla vaniglia della casa, il sole di là in cucina, il pelo tiepido del vecchio tappeto azzurro bordato di papere, tutto era bellezza, perfetta bellezza. Svegliarsi nella perfezione, e sentire la smania che ti monta di mandare tutto a remengo. Tutta la perfezione, la bellezza, la pace che ti stanno facendo felice. E immobile come un albero, un albero fronzuto e sano, nodoso e immortale.

E allora, mentre fai la tua colazione da infanzia tardiva, cercando di placare la smania ingozzandoti di canestrelli dolci e latte e caffè, quello che invece pensi è che ti piacerebbe poter essere Sansone, scendere nei garage, attaccarti a due colonne portanti e buttare tutto giù. Perché non ti venga più la voglia di salire, di sorridere a un paio di vedove appollaiate lungo il tragitto, domandare cortese delle assenti, e tirare avanti le cose oliando ben bene la giornata in modo da finire sano e salvo su quel letto dove ti sei appena svegliato. In eterno.

Innamorarsi, naturalmente, è un buon modo per farla finita con la perfezione.

Era facile innamorarsi della Polacca. Della sua nuca bionda screziata, delle sue cosce, del suo scatolino portacenere. Era facile innamorarsi di ciò che da qualche parte continuava a prosperare delle sue labbra, dei suoi occhi, delle sue tette sideralmente lontane. Era facile avendo del tempo da dedicarcisi. Di quello ce n'era.

Dedicarsi a innamorarsi. L'antica arte.

Così la mattina ti svegli e niente è più fermo, e nella perfezione non c'è più alcun riparo. Il giorno non scorre più per conto suo, ma lo devi attraversare tutt'intero com'è. Ti butti nel giorno a nuoto come se fosse un mare. È così: un mare che ti si para davanti ineluttabile, visto che alle tue spalle non c'è che una nuova rinuncia.

Io ci ho provato. Facciamolo ancora una volta che tanto

non ne moriremo: dove ci sono i denti di cane a pelo dell'acqua ormai lo sappiamo a memoria.

Questa sera dovrei forse rivedere la cosa con un certo spirito critico, ma in fondo si tratta di quisquiglie. Perché mai? Non è stato un anno da buttare l'anno della Polacca, e non c'è stata nemmeno quella gran perdita di tempo che sembrerebbe vista da qui. Da questa notte un po' fresca, finalmente, da questo terrazzo appeso sopra il suo, da questa prospettiva di sghimbescio sulle sue cosce, sulla sua nuca, sulle sue mani raccolte nel grembo, su quella luce giallina tra le sue mani.

Mi sono innamorato di te Polacca Ignota. Te lo voglio dire perché così finalmente sto male come meglio non potrei.

Non stai a sentire? Non vuol dire, capisci lo stesso. Non ti interessa? Non è vero, non puoi non essere interessata a questa straordinaria novità che si è verificata qui, proprio sopra il tuo capo. Avrei potuto dirtelo prima? E perché? Che differenza avrebbe fatto? Che adesso sarei giù da te seduto assieme a te a fumare la stessa sigaretta e odorare di che odore sei? Non male, no. Sarebbe bello, immagino. O forse saremmo qui da me, in un terrazzo più grande, con più vista e più esposizione? A fare la stessa cosa mentre le vedove trafficano qualche orrendo malocchio contro di noi, avverse a questo amore impuro. Si è messo con quella là, si immagini lei cosa ci può trovare.

No, non mi sono messo con questa qui, tranquille.

Questa qui.

Beep. La lucetta tra le sue mani. Accesa.

Dieci secondi, poi si spegne. Beep e si riaccende. Lo so a memoria. È dalle nove di stasera, minuto più minuto meno. Beep si accende, dieci secondi e si spegne, beep e si riaccende, dieci secondi e via. È mezzanotte quasi. Posso fare anche i conti: sei volte in un minuto, trecentosessanta volte in un'ora, milleottanta volte fino a qui. Metti anche solo mille, mille volte che ha pigiato il dito su un pispolino del cellulare. Se lo cova tra le mani come un uovo, come un bambino.

E io qui. Io qui che non mi muovo da qui. Tutto compreso in un mistero amoroso. Affogato nel miele di questa scena d'amore. Dio sa se vale la pena di godersela.

Beep acceso. Spento. Beep acceso. Per tutta la notte, per tutta la vita per quello che da qui se ne può sapere. Per sempre.

L'amore dentro la lucina del suo telefonino. Non lo vedo da qui, ma so che c'è com'è vero Iddio. Com'è vero quell'affare che tiene tra le mani, come il fatto che l'amo anch'io. La Polacca.

L'amore della Polacca che è venuto alle ore ventuno circa, avvolto nel mistero di un lucore giallino nel cuore viola ortensia del crepuscolo. È venuto e ha chiamato: diiht diiht... diiht fiiht. Voce straniera.

La Polacca era ad aspettarlo sul terrazzo, con la sigaretta e lo scatolino. Era un anno che lo stava aspettando a quel modo. Quello ha fatto per un anno intero, estate e inverno, al caldo e al freddo, tutte le sere che Dio ha mandato in terra: sedersi sulla soglia della portafinestra, accendersi una sigaretta e aspettare.

Con la sigaretta in bocca, lo scatolino al fianco e un cellulare non si sa bene dove. Forse lo teneva al seno, forse nell'incavo tra le cosce, o ficcato nella cinta sulla schiena, dove di solito i professionisti tengono la pistola. Pronto per ogni evenienza. Diiht diiht... diiht fiiht. C'è un messaggio per lei.

Un anno. Un anno disordinato. Avrei voluto innamorarmi di lei e forse ci sono riuscito. Lei che non c'era mai a orari abbastanza prestabiliti per poter programmare anche solo un'occhiata, un saluto sul pianerottolo di casa sua. Un anno diligente, passato a costruire una dedizione. Era questo che c'era da fare, no? Nuotare nella dedizione. Un anno da impresa di demolizioni, passato a smontare la baracca del nostro bel condominio.

Eppure era lecito pensare che la sera almeno, soffiando

fumo sul panorama, le potesse venire in mente che qui di sopra stavamo lavorando per lei.

Lei che invece aspettava.

Diiht diiht... diiht fiiht. C'è un messaggio per lei.

Ci siamo guardati più di una volta nel corso dell'anno. È stato bello. Bello ma non sufficiente. I suoi occhi grigi e celesti, i miei occhi marron. Non male, non male.

Sguardi contati. Davanti alle buche delle lettere, due volte. Per strada una volta, al parcheggio. Cinque o sei lungo le scale. Non molti, ma sarebbero potuti bastare. Alle buche potevamo fidanzarci, ci toccavamo. E i suoi occhi non erano indifferenti. Forse un pochino lontani, ma non troppo lontani; anzi, forse un pochino vicini. No, non era uno stupido sguardo da buche delle lettere.

Credo che in definitiva sia stata solo una questione di slancio. Mi è mancato lo slancio. Bastava dirle una parola. Anche solo quella, ma una parola. Del tipo: "Vieni a fumare sul mio terrazzo questa sera, per favore?".

Avrebbe detto di sì e sarebbe venuta, con le sue sigarette, senza il cellulare. A volte basta niente. Anche solo un piccolo aiuto, anche solo una piccola insignificante parola. Non si aspetta un anno intero un Diiht diiht... diiht fiiht senza sperare che nel frattempo possa succedere qualcosa. Neanche a essere polacchi.

Vieni a fumare sul mio terrazzo questa sera, per favore.

Sarebbe venuta, perché anche una straniera come lei sa apprezzare parole di dedizione.

E invece non gliel'ho detto: avrò anche saputo innamorarmi, ma non ho imparato a parlare. Si vede che con tutta la mia dedizione non ho abbastanza cuore per una parola d'amore. No, non è il cuore che mi manca, è lo slancio. Le parole richiedono sempre un qualche slancio, ma quelle d'amore abbisognano di un coraggio tremendo. Parole fiduciose gettate nel mare. Parole tuffatrici. In verità io non ho lo slancio del tuffatore, non più.

Ma invece lì dentro quell'affare che si sta tenendo tra le mani da tre ore qualche parola d'amore c'è, eccome. Diiht diiht... diiht fiiht. Si è accesa la lucina, è successo qualcosa: c'è che è arrivato un messaggio d'amore per lei.

Fosse anche solo scritto *ti amo*. Una cosa da niente: dii doo, dee dòa dée.

È sufficiente una parola dal modesto valore di dieci centesimi per pareggiare i conti di un anno? Sembrerebbe proprio di sì, anche solo a giudicare dal fatto che se lo è fatto ripetere mille volte e passa. Beep ti amo, dieci secondi, spento. Beep, ti amo, dieci secondi, spento. Beep, ti amo. Sembra che non le basti mai, sembra che le basti solo quello.

Nel cuore dell'Europa

Nella stanza di un albergo a due stelle nel cuore dell'Europa, c'è un uomo seduto sulla sponda del letto. Davanti a lui, sul pavimento, la sua valigia, aperta. L'uomo si gingilla rigirando tra le mani una guida turistica piuttosto malridotta. Ha il busto un po' curvo, e anche il suo sguardo lo è. Lo sguardo dell'uomo si lascia andare tra le cose affardellate nella valigia. Non sta cercando niente di preciso; ciondola: è in quello stato di stupido abbandono che prende quando si è appena aperta una valigia in una stanza d'albergo. Quando si prende fiato dopo un lungo viaggio. Quando la donna che è venuta con te è di là nel bagno che si sta facendo la doccia. La doccia per prima, sempre.

Per non sembrare del tutto spento l'uomo ha aperto la guida alla pagina della città dove è appena arrivato. Ora, nella sua mente galleggiano a pelo nomi, parole che in questo momento non significano niente. Sono suoni come ciambelle, salvagenti per non annegare nel suo momento vago.

Meister Grünewald.

Sa perché è venuto in quella città, sa che ha preso una camera in un albergo per vedere l'altare di Meister Grünewald. Anzi, tra pochi minuti dovrà mettersi a organizzare. Adesso vaga.

Nel bagno il getto della doccia si interrompe, l'uomo, lievemente, sussulta. Lo scroscio dell'acqua non era un rumore, il silenzio che si è fatto all'improvviso sì. Quel silenzio è il segnale di una sveglia. Lo mette al corrente che la sua donna entrerà nella stanza, gli chiederà di sbrigarsi a fare la doccia e lo interrogherà sul programma che ha predisposto. Dirà queste cose mentre sistemerà sul letto una camicia ancora pulita e un paio di pantaloni abbastanza stirati. Per lui. È così che farà, così è la vita. Il momento vago sono solo pochi istanti di tempo rubato.

Infatti la donna ha fatto il suo ingresso nella stanza. È una giovane donna nuda. Completamente nuda tranne i capelli, che sono raccolti nella salvietta bianca dell'albergo. La stanza è angusta e la donna si muove con cautela. Si muove in silenzio e i suoi piedi segnano il parquet con le nitide tracce delle sue piante ancora umide; sono orme un poco valghe, come potrebbero essere quelle di una anziana geisha cresciuta con i piedi fasciati. Nella penombra della stanza la nudità della giovane donna è linda come un bucato appena steso, il turbante candido risplende nel verdolino smorto della carta da parati e accende la stanza come se si muovesse tenendo sul capo un abat-jour. L'uomo vede questo, sente odore di shampoo e di crema idratante, sente lo scalpiccio dei piedi bagnati, e pensa: queste sono cose buone. Pensa questo e nient'altro; tutto il resto dentro di lui è ancora assopito e naviga inerte dietro il suo sguardo un po' ottuso. *Meister Grünewald.* Andremo a vedere l'altare.

La donna si china. Un movimento leggero della sua nudità che scivola tra l'uomo e la valigia posata sul pavimento; un gesto domestico: cerca qualcosa da mettersi addosso. Indugia perché quello che cerca sono le sue mutandine, la cosa più difficile da trovare in una valigia appena aperta. L'uomo lascia che i suoi occhi si riempiano del dorso della sua donna. Il suo sguardo considera ciò che vede con la quieta naturalezza e l'abbandono di ciò che resta del suo momento vago. Meister Grünewald, la mia donna è bella, il suo sedere è bello e rotondo, la sua schiena è bella e diritta.

E allora l'uomo sente dentro di lui dilatarsi un gesto. Sente una leggera vertigine e una corrente irradiarsi per il suo corpo e farlo vibrare. Ecco, pensa l'uomo, questo è il mio desiderio per lei. Ora mi alzerò, farò un passo e la toccherò. Voglio prenderla nella mia mano. Voglio tenerla. L'uomo pensa questo, ma resta seduto sulla sponda del letto, interdetto. Sente in qualche modo che il gesto che cresce in lui non è quello che saprebbe fare; non quello che in qualunque altra circostanza del genere gli era parso naturale. Abbassa lo sguardo sulle sue mani e le vede adatte a qualunque gesto. Ricorda benissimo come le sue mani hanno imparato a fare tutto. Ma non quello. L'uomo si guarda le mani stupito della loro improvvisa inadeguatezza. Vorrebbe ora, con un desiderio così intenso da costringerlo a chiudere gli occhi, che quelle mani facessero qualcosa che non hanno mai fatto, che potessero prendere la sua donna come lui non ricorda di averla mai presa. Come lui stesso ignora che sia possibile fare.

Quello che lui sa, quello che ha imparato così bene, è prenderla per portarla all'inguine, tenerla stretta al suo inguine fino a che il vuoto nel suo ventre non sia tutto colmato, fino a che non si senta tutto pieno di lei e lei piena di lui. Quello che ora vorrebbe, che una parte di sé che ha preso inaspettatamente luce vorrebbe per lui, è un gesto più grande, molto più grande, per riempire qualcosa che in questo momento gli sembra di un vuoto che si è fatto infinito.

Gli viene in mente che forse tutto questo riguarda l'amore; e se così è, allora si rende conto di non averne mai provato così tanto. Pensa che invece sta tirando a indovinare, dato che la sua lunga esperienza gli ha insegnato che non si può sapere mai niente di preciso al riguardo. Pensa che comunque ciò che prova si è presentato del tutto inaspettato; e inopportuno, considerato il fatto che siamo nel bel mezzo di una gita.

Ecco qua, un uomo. Un uomo fatto e finito, un esemplare adulto ancora quasi intatto. È seduto su una sponda di un letto in una stanza d'albergo, un albergo con due stelle nel mezzo dell'Europa, e nella stanza con lui, a un passo da lui, c'è l'amore. E a questo punto della sua vita, non sa di preciso cos'è. E forse non vorrebbe neppure saperlo, gli basterebbe farlo. Se solo sapesse come. Prova a indagare. Cos'è il mio amore da essere arrivato fin qui nonostante non sia stato previsto, certamente non invitato? Dove si è nascosto per tutto il lungo viaggio, dove si nasconde ora? Avevamo pattuito qualcosa io e lui tempo fa, un trattato di non aggressione che per quanto mi riguarda è stato scrupolosamente osservato. Perché lui si è rimangiato la parola?

Sotto la doccia indaga, nelle pieghe fradicie dell'asciugamano indaga, e dentro la camicia pulita ancora indaga. Cautamente indaga anche dentro la voce della sua donna, dentro i suoi occhi e dentro il suo corpo ormai già vestito e calzato, ma proprio molto cautamente, per non farsi avocare dall'inguine la sua indagine. E alla fine l'uomo capisce che il suo indagare è ozioso, che sta perdendo il suo tempo, e dal disputare con l'indecifrabile non verrà niente di buono.

Andiamo? Gli chiede la sua giovane donna.

Andiamo, risponde con sincerità. Andiamo a vedere l'altare di Grünewald, capolavoro del Rinascimento tedesco.

Ma allacciandosi le scarpe, nelle ristrettezze di quel gesto, l'uomo avverte ancora più forte la vertigine. Allora si solleva e prende tra le mani a coppa il viso della sua donna, per sorreggersi. Tiene le sue mani distese sul viso di lei; così, solo questo, indefinitamente; e la donna offre il suo viso a lui senza una parola o un minuscolo movimento, senza interrogativi di alcun genere. Lei sa delle cose, pensa l'uomo, io non so niente e lei sa tutto. E quello che sa se lo tiene per sé, come se fosse segreto.

Sotto il velo della crema idratante, le dita sensibili dell'uomo arrivano a sfiorare la morbidità interiore della giovane donna. Succhiano quella morbidità, se ne nutrono come fosse latte; e l'uomo, proprio come di latte se ne ristora. I pollici premono leggermente sulle palpebre di lei per cercare di rubare il suo sguardo, per arrivare a vedere quello che lei vede.

Andiamo, gli impone mite la sua voce, sciogliendo le mani dell'uomo dal viso, lasciandole orfane a mezz'aria. Andiamo. E lo guarda con tenerezza e lontananza, lo guarda da quello che sa. Lo guarda forse per la prima volta in quel giorno.

E, inaspettatamente come tutto quello che gli sta accadendo, ora l'uomo ricorda.

Ecco, non è: andiamo. È: vieni. Questo lo so.

Vèni.
Vèni gnoco.
Ven chi a meterte a sostio.

C'è una voce. Ma prima della voce c'è un bambino.

Un bambino in mezzo all'estate in mezzo alla campagna, nel cuore di una sua meravigliosa faccenda. L'uomo non ricorda con precisione, ma pensa che sia un formicaio; in certi momenti della vita non c'è cosa nell'universo intero che possa risultare meravigliosa come un formicaio. Il bambino ha camminato per tutto il pomeriggio nella calura. A petto nudo, con la maglietta arrotolata in vita, un berretto con la réclame dello smalto Ducotone in testa, un paio di sandali mezzo sfondati ai piedi. Il caldo non lo spaventa, il sole non riesce a fiaccarlo; nell'ora dei campi deserti, quando neanche le cicale hanno la forza di frinire intonate, lui trotterella per la campagna godendosi i suoi possedimenti: fin dove saprà andare, ogni cosa sarà sua.

È un re, è un cucciolo, è talmente animale che l'odore del suo sudore non spaventa neppure i conigli assopiti nelle stoppie di gramigna. Ha le gambe striate del verde dell'erba e lordate da croste di fango. Ogni tanto lancia un grido per puro, semplice stupore. Il caldo della campagna è madido di odori forti, eccitanti, odori di cose vive note e ignote. Tutto ciò che è vivo lo esalta, tutto ciò che si muove lo ipnotizza.

Ha seguito a lungo l'argine di un canale d'irrigazione quasi in secca. Armato di una cavezza di salice e di un mazzo di foglie di zucca, per vedere di prendere qualche giovane anguilla, casomai ne avesse trovate di intontite rimestando tra la fanghiglia tiepida del fondo. Sa prendere le anguille arraffandole con una ruvida foglia di zucca per guanto.

Non ha trovato anguille ma ha dato fastidio a parecchi rospi e, quando ha avuto sete, ha trovato un albero di melette verdi in mezzo a una macchia di more. Si è dissetato con le mele aspre e le more acerbe, si è ferito con i rovi e ha sputato sopra i graffi per guarirli in fretta.

E poi, in un filare di pioppi al margine di un campo di patate, così arido che la terra sembrava fatta con la crosta di un castagnaccio, ha trovato il grosso tronco stramazzato, e sotto la corteccia la più grande città di formiche che si fosse mai vista a memoria di bambino della campagna. Il bambino sognava di trovare formicai giganteschi e trascorreva molto del tempo in cui i cuccioli sono quasi dormienti a studiare efficaci sistemi di annientamento della loro misteriosa costruzione. Il bambino e i suoi amici si riunivano in branco, come cani selvatici, per dare l'assalto a un formicaio; esercitavano sulla vita delle formiche un potere feroce, e non avevano alcuna pietà della bellezza di un formicaio. Si beavano a lungo, giorni interi, del mistero di quella bellezza, della straordinaria quantità di vita che l'aveva fabbricata. E poi si beavano di disturbarla in ogni modo possibile, e poi di distruggerla. Con l'acqua, con il fuoco, con la tortura.

Quel pomeriggio d'estate, nella calura deserta, il bambino contempla in estasi il più grande formicaio del mondo; lo adora, lo venera, congetturando il massacro. E pieno del suo fervore vandalico, si attarda oltre l'ora naturale dei bambini fin dentro l'ora equivoca.

I bambini in mezzo alla campagna amano il tramonto, si divertono un mondo a spalmarsi la faccia di sole giallo, aspettano che diventi grasso e arancione e poi si mettono in strada per tornare a casa. Sono contenti di tornare a casa portandosi dietro le loro ombre prima che sbiadiscano del tutto;

sono contenti, zozzi come sono, di potersi lavare alla conca nell'aia finché c'è ancora un po' di luce, finché c'è ancora quel po' di caldo da potersi asciugare con tre colpi di straccio e via. Vogliono entrare in cucina e mettersi a guardare da lì, tra i quadretti rossi della tendina sopra il lavabo, quello che succede laggiù alla ferrovia, quando l'arancione diventa rosa e alle spalle del rosa si fa avanti silenzioso il violetto.

È l'ora equivoca quella, quando non è più giorno e ancora non è venuta la notte, ma stanno tutti e due lì, giorno e notte, sospesi e guardinghi come due ragazzi che hanno appena deciso di prendersi a pugni. Che diresti che staranno così in eterno, e invece strabocchera la notte, pioveranno a grandine le botte. Tutto vorrebbe un bambino, tranne che trovarsi ancora in giro tra i campi in quel momento. Trovarsi a guardare la notte venire. È un re che diventa un topo, un topo senza nemmeno una tana. E poi un topo che non è più niente. Tutti lo sanno che nella notte un bambino non è più niente fuori dalla sua casa.

Ecco che allora il bambino si è fatto beccare in quell'ora angosciante. È ancora pieno del fervore del re dei formicai, ma già nella sua pancia si sta sciogliendo, come gocce di medicina nello zucchero, la pauretta. Quel languore che si muove nell'intestino dei bambini come una serpe un minuto prima che diventi un groviglio di formiche soldati dai denti puntuti. Allora diventa paura.

Dunque c'è un bambino in mezzo alla campagna e fra un attimo sarà notte e il bambino sparirà nel buio. Questo il bambino lo sa, come sa che la sua casa è più lontana di quel poco di rosa che ancora resiste sopra la ferrovia. La sua pancia gli dice di correre, ma nel buio correndo si perderà, cadrà in qualche fosso, verrà la civetta; sa anche questo. Così si mette seduto, seduto sul tronco del formicaio.

Lui è lì, che si è appena messo a schiacciare la prima avanguardia di formiche che gli è arrivata ai calzonetti, quando distinta arriva la voce:

Vèni gnoco,
dove te sen?
Ven chi a meterte a sostio che l'è nota.
Vieni bambino mio,
dove sei dolcezza?
Vieni qui a metterti al riparo che è notte.

La voce viene di là, da quel punto preciso di buio nel buio di là dai pioppi, dal canale, dalle ripe e dagli orti dove c'è casa sua.

Il bambino si alza, si stacca due formiche dalle braccia, mette le mani a imbuto sulla bocca e risponde.

Sono qui.

Adesso vengo.

Vengo.

E si mette in cammino senza troppa fretta, per non inciampare, per non finire in un fosso, per imparare a vedere nel buio e nel buio non perdere la voce finché non troverà la luce gialla della cucina di casa sua. La casa che è il suo *sostio*, la casa della voce che lo chiama dolcezza.

L'uomo ricorda e adesso gli sembra di avere ben chiaro cosa sa dell'amore. Almeno quel poco che sa. Si guarda le mani, ancora lì, sospese a mezz'aria intorno al viso della sua donna, e cerca di mettere assieme tutta la forza che ha per non farle cadere, per non buttarle via lungo i fianchi.

Ecco, pensa l'uomo, le mie mani sono state le mani di molte dolcezze, ma non le mani di *gnoco*. E hanno imparato a dire molte cose, ma non dicono *vèni*. Il mio inguine è una casa, lo porgo alla mia donna perché ci si faccia casa, ma è casa senza *sostio*. E così non c'è riparo qui, e non ce n'è da nessuna parte; non do *sostio* e non ne ho. E lei? Lei questo lo sa, e mi accompagna avendo forse pietà di me, forse tenerezza per la mia inettitudine. Mi porta in questa Europa di pioppi senza formiche e canali senza anguille, questa Europa di alberghi a due stelle, senza nessuna speranza di una mia voce che la chiami. *Vèni*. Senza aver mai visto, venendo in gita con me, una casa che potesse aver dentro la voce. Deve essere per questo che mi sta sempre così vicina: per non perdersi, per non aver bisogno di venirmi a cercare e non potermi trovare.

Andiamo, prima che il museo chiuda, andiamo a vedere questo famoso altare. Guarda qui cosa dice la guida.

La buriana

Nella Grotta della Madonna

Questa sera che c'è buriana e di là dalla finestra il vento di tramontana fa il verso al lupo, questa sera che il vento gratta e gratta sulle tapparelle perché lo faccia entrare a scambiare due parole con me, con me che sono qui dentro al caldo, e sono solo; questa sera mi hai telefonato e mi hai detto senza star lì a perdere tempo: "Domenica mi sposo".

Quand'è che ti ho incontrato?

È stato in via San Eutichiano – o Sant'Erasmo? – ma per qualche ragione che mi sfugge non voglio che sia stato lì. Di certo non mi è mai piaciuta abbastanza quella casa, e comunque desidero ardentemente che sia accaduto altrove, in una certa casetta di Rebocco. Una casetta con il tetto di tegole e la scala esterna per salire al piano superiore, costruita per conto suo al limite della collina in una corte piena di pozzanghere proprio davanti alla Grotta della Madonna, a quella fessura nella collina che chiamano Grotta della Madonna, anche se non risulta che da quelle parti la Madonna sia mai apparsa a qualcuno. È lì che voglio averti visto la prima volta.

Immagino, anche se è un po' stupido, lo so, che sia proprio per la Madonna e l'Apparizione, ma credimi, il giorno che ti ho incontrato non è successa una cosa troppo diversa.

Ci sono io, io a vent'anni, che entro in una stanza accompagnato da un'amica, un'amica mia e di tua madre: siamo lì per incontrare lei.

In realtà io conosco appena tua madre, la Mery; molto probabilmente l'ho vista una volta o due al tempo della scuola, ho sentito qualche volta parlare di lei, e poi basta. In verità sto accompagnando l'amica. Tua madre ha la mia età, tua madre ha avuto da poco un figlio. Nella stanza c'è un letto, ai piedi del letto una poltrona. Nella poltrona c'è tua madre che allatta il suo figliolino.

Detto così non è niente di che.

Allora sappi che nella stanza, di lato al letto, c'è una finestra. È quasi sera, è estate; dalla finestra entra, a fasci intensi e compatti, il sole basso del tramonto. I vetri non devono essere tanto puliti perché la luce, trapassandoli, si fa opalescente e farinosa. Un fascio di questa luce di borotalco si posa sul viso e sul petto della Mery. Proprio e solo lì. Una lucciola dentro gli occhi scuri, un brillio di dentini tra le sue labbra sottili e rosse, una minuscola tettina di carne candida e due mani bislunghe che si intrecciano in un piccolo cesto con dentro te che stai poppando. Negli immediati dintorni solo un alone leggero e opaco, per il resto penombra e poi ombra fonda.

E un filo di profumo – il profumo che conoscerò poi con il suo nome: signora di Givenchy – e odore di canfora da un vecchio comò con i piedi di leone. E anche odore di brodo di gallina e di farina lattea, odori rassicuranti che placano un poco, solo un poco, il mistero e la distanza di un'Apparizione.

Chissà, magari tua madre ha studiato tutto quanto questo teatro nel minimo dettaglio: è o non è capace di tutto? Sì, lo è. Ma probabilmente si è solo sistemata nel punto di luce migliore per allattare.

Mi ha sorriso però. Ha stirato le labbra e arricciato un poco il labbro di su in quel modo che ha di sorridere con così tanti denti che ti verrebbe voglia di metterti lì a contarli per vedere quanti ne ha.

O forse ha sorriso all'amica? No, non è logico: ha sorriso a me. Perché, se no, mi sarei dovuto innamorare?

E io l'ho fatto, lì su due piedi. Della Mery e di te nella luce, nell'ombra, nell'odore di comò. Mancavo io, e io sono venuto; ho preso posto dove ce n'era.

Avevo vent'anni e non mi era mai capitato niente di così bello. Nel ricambiare il sorriso di tua madre avevo la certezza di essere nel cuore della bellezza del mondo.

Era vero.

Eravamo un quadro, eravamo una natività. Eravamo tutti e tre appena nati. E il più giovane, mi sa, ero io: io ero nato proprio in quel momento. E quando sono uscito da quella casetta davanti alla Grotta della Madonna di Rebocco, ho cominciato a sentire qualcosa di più della vostra mancanza: era come se tornassi nel niente. Prima di essere al mondo.

E un certo tempo dopo – non so dirti quanto, se sono stati mesi o anni, ricordo solo che mi ci è voluto un po' di tempo per prendermi il coraggio – sono entrato nella casa di Sant'Erasmo. O San Eutichiano? C'è qualcuno lì da te che si ricorda di quel santo e di quella casa? Sono venuto da solo, questa volta. Tua madre ti stava allattando, assisa nella poltrona. La famosa poltrona della Mery, dove la vedrò per molto tempo di lì in avanti, seduta sempre in modo molto provocante; la poltrona che le servirà tutte le mattine per fare la cosa più sexy del mondo: infilarsi i collant.

Ma per adesso la cosa davvero molto sexy che fa è allattarti. Sono stato a guardarvi finché tua madre non ti ha sistemato nella culla. Poi, io e lei, ci siamo messi a parlare.

Le nostre parole erano come mattoni, alberi, finestre, erba e cieli: ci servivano per costruire un regno. Ci vuole del tempo per farlo. Quella volta ci siamo presi un riposino solo quando la mattina dopo è entrata nella camera tua nonna per portare il caffè a sua figlia. Ora come ora non so ricordare se è stramazzata per terra svenuta o invece non ha battuto ciglio ed è tornata con un caffè anche per me. Ho solo un vago ricordo del temperamento di tua nonna. Di certo quella volta non mi ha picchiato: questo lo ricorderei senz'altro.

Penso che tua madre e io avremmo preferito morire piuttosto che finire le nostre parole e interrompere la costruzione del nostro regno. Lo volevamo infinito, così come pensavamo che la nostra vita sarebbe stata infinita. Ci raccoglievamo l'anima tra le mani – io la sua, lei la mia – e guardavamo un panorama sterminato; poi la rovesciavamo, e allora piano piano cominciava a cadere la neve. Eravamo commoventi come una palla di vetro con dentro l'amore.

Quella prima volta in via Sant'Erasmo a un certo punto del nostro discorso abbiamo anche fatto l'amore. Così come sarebbe accaduto molte volte in seguito, parlare, preparare il cibo, lavorare, marciare e fare l'amore non erano affatto cose che venivano una dopo l'altra o che avessero ciascuna un posto vero e proprio: ogni cosa era tutto quanto il resto e ognuna andava a confondersi e dissolversi nell'altra. Così era.

Be', quella prima volta, appena preso un po' di fiato, abbiamo ricominciato a parlarci: il tema eravamo noi. E più in particolare cosa ne era stato di noi fino a quel momento. Io ero un ragazzo piuttosto timido, tua madre assai meno; io aspettavo di ascoltare quello che aveva da dirmi, lei mi interrogava. Arditamente, posso dire, nel modo esplicito e impietoso che io e te conosciamo bene. Ha voluto anche sapere in dettaglio quali erano state le mie ragazze e come e perché, visto che, acutamente, sospettava che ne avessi avute. E di ognuna ha voluto sapere tutto. Voglio dire, non solo nome cognome indole e portamento. E io, in quella notte di battesimo adulto, morendo di vergogna per averli commessi, trovavo appropriato confessare i miei peccati. Il mio peccato, visto che uno solo, gravissimo, li compendiava tutti: aver vissuto prima di quella notte.

Neppure adesso oso guardare con ironia a ciò che ti sto dicendo. C'era del sacro tra noi, c'era dell'assoluto.

Così guardavamo il nostro amore.

Lo guardavamo con tale assoluta dedizione, che per davvero io e tua madre non abbiamo chiuso occhio quella notte. Tua madre seduta con il busto eretto come un palo – era magrolina, ma non come uno stecco, diciamo appunto che lo era come un bel palo della luce – appoggiata alla testiera del letto e io accosto a lei. Per quanto mi riguarda credo che un pisolino me lo sarei anche fatto volentieri, magari proprio verso le quattro, cinque del mattino, ma era un cedimento da non prendersi neppure in considerazione. La Mery reclamava lo stato di allerta; l'amore, il nostro amore, chiedeva giustizia.

La testiera del letto – lo ricorderai perché so che quel letto è durato a lungo e forse dura tuttora – era in ferro battuto tutto riccioli e spuntoni, e tenerci la testa poggiata per ore era solo una parte della giusta punizione. La vera punizione era lo sguardo della Mery piantato sull'armadio di fronte; il suo sguardo immobile e il suo perfetto silenzio, la sua rabbia e il suo dolore causati dalla mia svergognata condotta. Mitragliate di minuti passati così nel cuore della notte, della nostra prima notte, mentre io mi scervellavo, disperato, a trovare il modo – un'invenzione geniale, un colpo da maestro – che avesse potuto dilavare l'impurità della mia preesistenza.

Era in corso ancora una natività quella notte, la seconda a cui avevo l'onore di partecipare, e niente vi era ammesso che, avendola preceduta, potesse comprometterne la perfetta purezza.

Non c'è stato modo, quella notte di così grande trambusto, di chiedere a tua madre se per caso anche lei avesse conosciuto altri uomini prima di me. Ma ha qualche importanza? Era forse una questione di un pareggio da conquistare la lotta d'amore che abbiamo combattuto contro la testiera di ferro puntuto? Quello che conta è che, quando tua nonna è entrata con la tazzina del caffè, ha trovato davanti a sé due creature appena nate, ancora avvolte nella placenta del loro puro amore.

Chissà se le è sembrato di vedere proprio questo.

E tu intanto dormivi nella stanza accanto. E forse sentivi e vedevi tutto; lo facevi dormendo, che è il modo che hanno i bambini piccolissimi di venire a sapere tutto. E già quella notte tu stavi crescendo a vista d'occhio.

Da lì in poi siamo cresciuti assieme. Innocenti e sbadati, lungimiranti e inadatti a prosperare, liberi e captivi.

Abbiamo persino avuto le stesse febbri crescentine, quando è stato il momento.

A me e a te quelle febbri ci facevano stare proprio male: ci assalivano. In quei momenti crescevamo impetuosamente e smaniavamo e bollivamo come se fossimo uno spezzatino dentro un pentolone. Tua madre cresceva con più calma, cresceva da gran signora. E si ammalava poco, almeno rispetto ai nostri standard. La febbre le veniva assai di rado e ho il sospetto che scegliesse lei quando era il momento di avercela, o di dichiarare di averla presa.

Comunque sia, quando la Mery decideva di essere ammalata, si metteva una di quelle sue camicie da notte lunghe fin quasi ai piedi – roba del suo corredo, molto antica, molto elegante –, si avvolgeva in uno scialle straordinariamente vaporoso – lo scialle "febbrile" di lana d'angora che non le ho mai visto usare al di sotto dei 38 gradi di temperatura –, requisiva tutti i cuscini che trovava in giro e si metteva a letto.

Si posava sul letto, si adagiava, si insediava. Una regale e composta indisposizione. Le si arrossavano un pochino le guance, gli occhi diventavano ancora più brillanti, le sue forme – perché tua madre sarà magrolina, ma le sue forme ce le aveva, e dubito che le abbia perse per strada –, le sue forme, sotto quella speciale camicia da notte piuttosto attillata, si facevano ancora più morbide.

Bisogna ammettere che tua madre con la febbre era proprio uno schianto. Bella e, finché non decideva di essere guarita, intoccabile. Non credo che tu possa ricordarlo, ma per entrare in camera da letto, che nei giorni della febbre era "camera sua", dovevamo chiedere permesso. Bisognava bussare per andare a trovarla: andavamo a trovare la regina madre.

Lei gracidava: "Ehi, venite!". La voce era un po' provata nell'area rinofaringea, ma oltremodo invitante: al pari di ogni altra regina, desiderava ricevere visite quando aveva la febbre. Non troppe e non troppo spesso, ma le dovevano senz'altro far piacere. Ho la certezza che sentisse i nostri passi in avvicinamento – naturale che non ci fossero rumori in giro quei giorni: rumori sguaiati e irrispettosi, voglio dire, ma solo rumori di passi leggeri, sibili di teiere, fruscii di album da disegnare sfogliati – e sentendoci aveva il tempo per darsi un'occhiata allo specchio sopra il comò e aggiustarsi con cipria e rossetto. Non ne ho le prove, ma sospetto che nascondesse una piccola trousse per il trucco sotto i cuscini.

Tua madre era a dir poco impeccabile quando ci riceveva. Appoggiata ai cuscini, lasciava perdere quello che stava facendo per sorriderci magnanima e dirci: "Ma che bravi!".

Perché, naturalmente, noi portavamo dei doni. Il tè caldo con qualche biscotto della Salute, un disegno che avevi appena fatto con i pitturini da usare con le dita, un fiore, se ce n'era nei vasi sul poggiolo della nonna. E il nostro amore, portavamo: l'offerta del nostro amore stampato sulla faccia come se avessimo usato i pitturini anche per quello. Lei lo vedeva e si disponeva a riceverlo togliendosi gli occhiali e sgomberando le coperte intorno. Così noi potevamo abbracciarla e baciarla e inzaccherarla tutta con il nostro amore. E anche con il tè quando non stavamo attenti.

Che strano però che portasse gli occhiali già allora. Li portava solo per fare cose impegnative per la vista, quando guidava o leggeva, ma aveva appena vent'anni in fin dei conti. Forse quella luce così particolare che aveva nel colore dell'iride, il fatto che cambiasse di colore a seconda della stagione o anche solo dell'ora del giorno, forse aveva a che fare con qualche piccolo difetto; pensare che per me i suoi occhi erano la sua più grande bellezza.

Già, quando non lo erano le sue mani o la sua schiena, o le sue tettine. Sappi che andavo pazzo per le tettine di tua madre, anche contro la sua stessa opinione.

Quando la Mery aveva la febbre, la sua regale disciplina imponeva che durante la mattina studiasse e durante il pomeriggio facesse la maglia. E studio e maglia senza la febbre non esistevano: ragion per cui quelle erano due attività in cui in casa si facevano scarsi progressi.

Facevamo le cose insieme noi. O non le facevamo.

Infatti andavamo all'università tutti a quel tempo; eravamo molto portati per lo studio, solo ci mancava un buon ritmo, visto che dovevamo aspettare che ci venisse la febbre. Anche tu studiavi naturalmente, e quando eri guarito bisognava andare a cercare i pezzi dei libri su cui ti eri applicato sotto i mobili o dentro i due vasetti da cacca che avevi in dotazione. Era una faccenda piuttosto noiosa e alla lunga il ritmo si è andato perdendo del tutto.

Eppure qualche esame lo abbiamo dato. Credo anche che tua madre qualche volta ti abbia usato a tal fine. Ti portava con lei e ti sbatteva davanti alla cattiva coscienza dei professori.

La Mery era anarchica – lo è tuttora per quello che mi pare di capire le volte che il discorso tra noi va sulle generali – e come anarchica era anche piuttosto combattiva: mi sarebbe piaciuto vederla all'opera durante una sessione d'esame.

Anch'io ero anarchico, e penso di esserlo rimasto, anche se mi accorgo sempre più spesso di spandere intorno un preoccupante odore di acqua di rose. Ma forse lo sono sempre stato un po' così, un po' di qua con l'Anarchia e un po' di là con santa Rita, e chi tra noi caricava la mitraglia era tua madre, non certo io. Non ero un vigliacco, no: partivo all'attacco a testa bassa e cercavo di non fermarmi mai. È che lo facevo a mani nude e sempre un po' prima o un po' dopo del momento giusto. Trovavo che questo fosse molto poetico.

Anche tu eri di provata fede anarchica. C'è un documento che lo testimonia in modo inoppugnabile.

Ho ancora una cassetta Philips in uno scatolone in cantina. Uno scatolone sotto altri scatoloni; su quello di cui ti parlo c'è scritto, a pennarello bello grande, VOCI, ed è pieno di nastri con dentro solo voci, ogni sorta di voci umane e animali che ho registrato nel corso di vent'anni almeno, il tempo che mi è durata la mania di andare in giro con un registratore. Quella Philips è una cassetta molto vecchia – se so fare i conti, ha ventisette anni passati – e se la volessi ascoltare è molto probabile che la traccia magnetica si andrebbe dissolvendo al solo contatto con la testina del registratore. Per questa ragione non oserò mai più ascoltarla. Non ti ascolterò mai più, e in questo modo tu potrai restare, almeno lì dentro, a tempo indefinito. Indisturbato e perfetto come una conchiglia fossile dentro una montagna di granito. Ma so benissimo cosa c'è registrato e ricordo perfettamente il come e il quando.

Dentro c'è la tua prima canzone.

Avevi due anni e mezzo, eri seduto sul vasetto a fare la cacca – a imparare a farla: eravamo in quel delicato passaggio dal pannolino al recipiente in pvc – e fino ad allora non avevi ancora dato un granché al ramo dell'espressività canora: avevi lallato e gorgogliato nella norma di tutti i bambini della tua età. Nel bel mezzo della tua seduta quel giorno hai deciso di fare il grande balzo. Si trattava di qualcosa che tenevi in serbo da un bel pezzo, immagino, e a un certo punto ti sei detto: vediamo dunque cosa ne viene fuori da questa vaghezza che ho di farmi una cantatina. I bambini molto piccoli hanno questa abitudine di covare grandi propositi finché non li fanno sbocciare all'improvviso dando agli adulti la falsa impressione dell'estemporaneità.

Dunque, senza alcun preavviso ti sei lanciato nella tua prima canzone:

Policia policia
tutta a merda porta via.

La cosa ti ha convinto a tal punto che hai deciso di non farla finita se non dopo aver provato tutte le possibili tonalità che l'ugola immatura ti consentiva.

Policia policia
tutta a merda porta via.

Credo di ricordare l'espressione della faccia mia e della Mery mentre ti stiamo ad ascoltare. È il ricordo di un'immagine che risale ai tempi di quand'ero un ragazzino, roba, figurati, del catechismo. Un'immagine che, per qualche ragione che non conosco, mi è rimasta vividamente impressa nella mente fino a oggi: Giuseppe e Maria mentre si godono il Bambin Gesù che parla ai saggi nel tempio. Giuseppe e Maria stupiti, veneranti e orgogliosi. È per questo che nella cassetta non sono registrati che un paio di minuti: ci è voluto un bel po' per riprenderci dal nostro incanto e provvedere a documentare l'evento. C'era tutto in quel pugno di versi: ritmo, melodia, e testo. Un testo politico di chiara matrice libertaria.

Visto da qui, visto da oggi, non ne sono così sicuro, e quelli non mi sembrano per niente i versi di un cantautore anarchico; ma allora non vi furono dubbi. Secondo noi esprimevi, in una mirabile sintesi, un giudizio globale e inappellabile sulle forze dell'ordine e sull'iniquo potere che rappresentavano.

In base a quale criterio, proprio non te lo saprei dire, visto che tu esprimevi, in semplici e chiare parole, un'idea indubbiamente positiva. Dimmi tu cosa ci si può aspettare di buono dalla polizia se non che ci liberi da tutta la merda. Ammetto che in fatto di giudizi e di giudicare eravamo un po', come dire?, particolari. E piuttosto prevenuti. Naturale che fossimo prevenuti: a quei tempi la polizia non perdeva occasione per manganellarci e vessarci in tutti i modi possibili. Solo che noi ci spingevamo ben al di là della prevenzione. Lo so cosa pensavamo allora: pensavamo che, semplicemente, nel nostro mondo, nel nostro regno, la merda non potesse esistere. E nemmeno la polizia. E la ragione principale delle nostre strenue battaglie ideali consisteva nell'impedire che si infiltrassero l'una e l'altra anche solo nel nostro pensiero.

In un certo senso eravamo un pochino più indietro di te: mentre tu imparavi a farla nel vasetto, noi eravamo ancora intenti a guardarla e a chiederci cosa cavolo ci facesse lì quella roba. Non era nostra, non era per noi.

Per noi c'eri tu, libero e innocente, che cantavi a gola spiegata sul vasetto, e poi per le strade, e sulle spiagge, persino ai posti di blocco – allora ce n'era una quantità che non puoi immaginare – la tua canzoncina di fiera protesta. E ci facevi preoccupati e felici; preoccupati perché temevamo per te, che non ti arrestassero per vilipendio alle forze dell'ordine, felici per noi, che ti avevamo compagno di lotte.

Posso immaginare cosa tu stia pensando, che eravamo due pazzi. È vero. Ma è una cosa che puoi pensare solo ora, guardandoci da molto lontano. Noi vogliamo ancora bene a noi stessi per quello che siamo stati, questa è la verità, e non riusciremo mai a essere obiettivi al riguardo della nostra vita, anche quando ci sorprende il ridicolo; è giusto così e non ci tradiremo mai, se vuoi sapere la mia opinione.

Detto questo, è evidente che non abbiamo capito proprio niente riguardo al fatto specifico della tua prima prova d'autore.

Visto che oggi tu fai il poliziotto.

Policia policia
tutta a merda porta via.

Visto che lo fai con un ardore e un impegno che fa di te un uomo segnato da quel particolare e difficile eroismo di chi altro non fa che spalare via merda, indefessamente. E non desiste mai, perché la merda non finisce mai. E mai finirà, pare, anche a sentire la tua circostanziata opinione in proposito.

Policia policia
tutta a merda porta via.

Be', a pensarci è davvero inquietante. Eri ancora sul vasetto e già avevi chiaro come sarebbe andata a finire. E noi che...

So che tua madre ha pianto quando per la prima volta ti ha visto in divisa, e che ti avrebbe voluto diseredare e misconoscere e tutto il resto del suo repertorio di bestemmie e maledizioni. È come se la vedessi: averci un poliziotto in casa, trovarsi il proprio unico figlio in divisa, con la pistola nella fondina e le manette alla cinta. Lei che ancora carica la mitraglia con la stessa ferma intenzione di non far filtrare nel suo cuore – cuore innocente, ancora innocente – né uno schizzo di merda né un'ombra di polizia.

Quella canzoncina mi viene spesso in mente quando penso a te.

Ti ho detto di quella figurina da catechismo, quella di Giuseppe e Maria che guardano il loro figliolo Gesù predicare nel tempio. Ho visto diverse immagini sul tema e non solo nei libretti della dottrina; ci sono dei quadri anche, quadri molto belli che descrivono quella scena. Mentre nelle immagini per i ragazzini i due genitori hanno sempre uno sguardo ammirato, estasiato, in alcuni dipinti Maria, in particolare, ha un'espressione più complicata: c'è stupore ma anche un'ombra di tensione. Gioia per quello che vede e presentimento per qualcosa che potrebbe un giorno vedere. Quel suo bambino è strano. Non solo strano, il suo bambino è segnato, lo vede. È un bambino, sì, esattamente come deve essere qualunque bambino, ma sta dicendo cose che nessun altro bambino si sognerebbe di pensare, che nessun bambino può pensare. Dentro quel figliolino c'è un mistero, e il mistero porta con sé, sempre, qualcosa a cui non si può porre rimedio. Qualcosa di più grande di qualsiasi previsione o speranza, o ragione.

Come dovevamo guardarti noi quel giorno sopra il tuo vasetto mentre cantavi il tuo destino? Noi ti abbiamo guardato come nei libretti della dottrina, ma avremmo forse dovuto farlo come nei dipinti seri? Dovevamo capire qualcosa che ci sfuggiva, sentire dentro di te un di più: il tuo piccolo mistero? Dobbiamo pensare di essere stati degli sciocchi per questo? Non andava bene che tu fossi solo un bambino? Solo un bambino.

Ho cambiato molte case da quando ho lasciato la nostra casa, molte case e anche città. Nel farlo mi sono trovato spesso nella condizione di andarmene da un posto portando con me solo qualche sacchetto di plastica con dentro ciò che ritenevo volta a volta indispensabile. Così oggi non ho quasi più nulla di tutto quello che sono stato e che ho avuto.

Una cosa comunque ho sempre fatto in modo di riporre dentro quei sacchetti di plastica, una cosa di cui non ho mai saputo fare a meno: l'altarino dei miei penati. Sì, ho molto radicato in me il culto della famiglia. Ho introdotto qualche variante e non uso più statuette di creta che sistemo sopra il focolare, ma fotografie che appendo sulla parete nella stanza più intima della casa che abito. Adesso, per esempio, sto giusto guardando i miei penati e loro stanno guardando me dalla parete di fronte. Sono immagini sistemate in cornici piuttosto modeste e malandate: il mio è un culto semplice che rifugge dagli orpelli.

Ci sei anche tu. Tu, io e la Mery assieme, fotografati con l'autoscatto quando stavamo ancora nella casa di via Sant'Erasmo. Tu sei nel mezzo tra me e la Mery e sbuchi tra le nostre gambe, come se provenissi da noi; qualcosa che avevamo dentro e si fa avanti direttamente dai nostri corpi. Hai un'aria un poco pensosa, vigile e compresa, tieni un dito accostato alla bocca; non in bocca, ma solo accostato: una grande differenza. Significa che ti stai chiedendo qualcosa. Non so cosa; forse ti interroghi sul tuo destino, forse ti stai chiedendo come fa a funzionare la macchina se nessuno è lì dietro a schiacciare il bottone. Comunque sia è una bella espressione, un'espressione intensa; mentre la nostra, la mia e della Mery, è la solita espressione un po' sperduta e incredula di chi si fotografa con l'autoscatto.

Sei nell'altare dei penati, sei diventato una divinità del mio focolare. Non proprio tu, ma la tua immagine.

Poi ci sei tu. Poi ci sono io e c'è la Mery quando non siamo immagini appiccicate alla parete, quando siamo vivi.

Io e te. Cosa siamo io e te l'uno dell'altro?

Qualche anno fa mi hai detto una cosa che mi ha lasciato di sasso. Mi hai detto che tu hai sempre pensato di essere mio figlio. Ne eri stato certo in cuor tuo, anche se ti era stato detto che così non era, fino al giorno in cui hai ricevuto una telefonata da "lui", da quello che gli assistenti sociali chiamano "il padre biologico". Avevi sedici anni, e mi hai detto che non hai voluto rispondere. E tra lo squillo del telefono e il no della tua voce ti è transitato attraverso il corpo e il cuore il più lungo e il più pesante treno merci della storia delle ferrovie. Credo di poterlo immaginare; anzi, credo proprio di averlo sentito quel treno. Forse il mio carico di rottami di ferro e di pietre era solo un poco più leggero. Il tuo di convoglio era lungo sedici anni, il mio solo dieci, i dieci anni in cui tu hai pensato di essere figlio mio mentre io non c'ero.

Me ne sono andato via che dovevi ancora compiere sei anni. Ancora dovevi cominciare ad andare a scuola, anche se ti avevamo già comprato la cartella e l'astuccio dei colori.

Me ne sono andato per troppo amore.

Ascolta: c'era così tanto amore che io ho avuto paura di morirne. Morirne davvero.

Abbiamo un cuore ipertrofico, così grande che ci esce dal costato e deborda come un gozzo. È così pesante che ci tocca sostenerlo con le mani. E spesso le mani non bastano e ci vorrebbe una carriola. Ci fa andare in giro zoppicanti, il nostro cuore; zoppichiamo dalla parte sinistra, dalla sua parte, e temo che sarà così per tutta la vita, visto che non abbiamo ancora imparato a metterci una pezza, a farcene una ragione: non abbiamo mai saputo adattarci a un bastone, una stampella, un sostegno qualunque. Non ci siamo mai voluti curare. Quelli come noi non li troverai mai nei reparti di cardiologia o di ortopedia. Così malfermi e acciaccati come siamo, non per questo abbiamo intenzione di arrenderci alla nostra cardiopatia, alla nostra zoppità: lo vedi?

Ma avresti ragione a trovarci comici; anch'io, se solo riesco a guardarmi con un po' di distacco, mi metto a ridere. Anche se, devo ammetterlo, rido poco di me, più spesso sorrido. Quando capisco che alla fine assomiglio a un santino del Sacro Cuore, non so se ce l'hai presente. Quel Cristo dal sorriso un po' mesto e un po' stanco, stanco di starsene in posa con il suo grosso cuore sanguinante tra le mani.

Non che io sia autorizzato a parlare per conto di tua madre. Non sia mai detto. Posso dire "noi" sapendo di non sbagliare perché io conosco anche le inflessioni più segrete delle sue imprecazioni, le variazioni di tono più sottili delle sue bestemmie; perché, credimi, quello che c'è da sapere io lo sento già tutto nei rumori di fondo della linea telefonica. Lo riconosco nella qualità del silenzio tra noi, nella voce del nostro silenzio. La Mery cammina ancora con il suo cuore tra le mani. Questioni d'amore.

Di te, so una sola cosa da lei. Che sei ancora oggi una delle sue questioni d'amore. La Mery è ancora una ragazza madre.

Lo sei anche per me una questione d'amore aperta.

Ma a venticinque anni di distanza dagli avvenimenti, ho finalmente detto alla Mery perché me ne sono andato. Me lo ha chiesto lei. Com'è nel suo stile, nello stile della Mery quando chiede qualcosa, qualunque sia la cosa che chiede, mi ha posto la domanda in modo estremamente semplice e diretto: "Com'è poi che te ne sei andato?".

Ti ho lasciato e ho lasciato la Mery per troppo amore.

Perché avevo paura di morire d'amore. Non per modo di dire, non per metafora. Per la cocente, fisica certezza che se fossi restato sarei morto per il troppo amore.

E io non volevo, io non ne ero capace. Ero un ragazzo, non ero un uomo. Un ragazzo che non sa niente di niente, ma una cosa la sente, almeno nel suo cuore: che morire d'amore è proprio quello che la vita pretenderebbe da lui. Fortunato di essere stato chiamato a farlo, scelto nel mazzo, preferito nella moltitudine.

Quel giorno del sole polveroso di Sant'Erasmo ho avuto la mia annunciazione e ho risposto di sì. Solo che mentre l'angelo parlava mi sono un po' distratto – c'era o non c'era il meraviglioso davanti a me? – e di quello che aveva da dirmi ho perso qualche passaggio.

Questo ho detto a tua madre. E lei non ha fatto una piega. Con lo stesso tono di voce noncurante con cui mi ha chiesto il perché, ha semplicemente commentato: "Io l'avrei fatto". Sì, lei avrebbe potuto morire d'amore, lo so.

Voglio provare a spiegarti bene cosa so io del morire d'amore, perché tu non possa pensare a una ridicola esagerazione.

C'è stato un certo punto nella nostra vita, nella vita che vivevamo nella casa di salita San Giorgio, la casa sulla vallata, che la notte, prima di addormentarmi, speravo ardentemente di non sognare. E pregavo che non succedesse perché ero certo che tua madre, che dormiva al mio fianco, avrebbe sognato i miei sogni, me li avrebbe carpiti e, nel caso mi fosse capitato di sognare di un'altra donna, avrebbe saputo del mio tradimento. Ero convinto – capisci? – che la nostra unione fosse tale da comprendere le pulsioni più remote e primitive dentro di me. Pensavo di non poter possedere nulla al di fuori di questa unione, neppure un sogno erotico; pensavo di non poter essere nulla se non nella Mery. Morire d'amore. Perdersi.

Essere una cosa sola, come ti dirà il prete che sta per sposarti. E non credo che lui sappia, che abbia davvero riflettuto su cosa possa significare essere in due un'unica cosa. Altrimenti ci penserebbe su per bene prima di intimarlo a due ragazzi.

Per anni, dopo che vi ho lasciato, ho camminato per le città dove ho vissuto rasente i muri delle strade. Per vergogna e per paura. Guardavo quelle città, i panorami che mi conquistavo, guardavo quello che facevo, i progressi in quello che ero capace di fare, e mi dicevo: ecco, io ho venduto il mio amore per questo. E insieme alla vergogna c'era la paura di me. Perché uno che si vende un amore fa paura a toccarlo.

Ho detto queste cose alla Mery, e ora le sai anche tu. E non so proprio cosa ne puoi pensare. Se poi puoi pensare davvero qualcosa in proposito. Tu che hai trent'anni e domenica ti sposi con una donna che ti ho visto amare per molti anni. Te l'ho visto fare placidamente, serenamente, così come ho visto lei amare te allo stesso modo. Tu che frequenti la morte un giorno via l'altro, che parti da casa sapendo che potrai incontrarla per il semplice fatto che ci stai andando incontro, come da regolamento, equipaggiato per questa evenienza.

Non importa quanto sia grande l'avvenimento, né quanto lo sia la vita che lo contiene. La mia vita non è grande, ciò nondimeno ha una certa predisposizione a contenere fatti leggendari. E anche quella della Mery, e certamente la tua, visto che diverse leggende le abbiamo vissute insieme. Probabilmente nella vita di ciascuno, in qualunque vita purchessia, covano qua e là leggende. Come la Fuga in Egitto.

“E prese nella notte la donna e il bambino e con loro si ritrasse in Egitto.”

Io voglio che sia successo così.

Una sera, una sera di prima estate, vengo alla casa di Sant’Erasmo. Vengo da voi con la macchina, l’indimenticata Veronica, la sbevazzona 850 Special, carico sul tetto un materasso, qualche sacchetto nel sedile posteriore, e te in braccio alla Mery al mio fianco. E partiamo per Vezzano. Vezzano che sarebbe l’Egitto della nostra storia. Vezzano in alto sul fiume, sulla vallata con in fondo il mare.

Voglio essere venuto di sorpresa o quasi.

Voglio aver detto a tua madre un tal giorno: “Andiamo via, è il momento”. Voglio averglielo detto come soprappensiero, mentre si parlava d’altro.

Naturalmente, tra noi, parlare d’altro non era che il modo di parlare della stessa cosa, dell’unica cosa, la costruzione del nostro regno, solo da un’angolazione nuova, o diversa, o tangente alla principale. Insomma, siamo lì, magari a sentire una musica – anche la musica, naturalmente, era parte di quel regno – e io la bacio sull’orecchio e le bisbiglio: “Andiamo via, è il momento”. Semplicemente. Voglio che lei non abbia capito bene, o abbia fatto finta di non capire, che è la cosa più ragionevole. Voglio aver fatto passare un po’ di giorni, giusto per sistemare le cose lassù, e infine voglio che quando entro nella casa di Sant’Erasmo, ecco, voglio solo che mi guardate e vedete che sono un po’ strano. E allora capite, e tutti e tre assieme ci mettiamo a raccogliere un po’ di cose nostre da mettere nei sacchetti. Tu i tuoi giochi, per prima cosa, e quelli che hai li sciorini per tutta la casa in modo da poter decidere, possibilmente senza rimpianti, su quelli urgenti da portare.

Perché c’è urgenza. All’improvviso c’è urgenza di andare, e anche tu lo senti. E dopo i giochi, i tuoi effetti personali, e tu non sei mai d’accordo con la Mery, perché avete gusti diversi in fatto di abbigliamento e toilette. E infine le cibarie e le medicine speciali per bambini piccoli, e il termometro, e la macchina dell'aerosol. I tuoi bagagli sono stati certamente i più laboriosi da preparare. La Mery si è chiusa in camera un attimo e ne è uscita con una grande borsa già sigillata. Io, be', io credo di non aver avuto molto di più dei pantaloni e della camicia che si vedono nella fotografia appesa in camera. C'erano la radio con il registratore però, il nostro grande bene essenziale, il nostro Grande Acquisto. A rate, naturalmente, rate onorate con una certa difficoltà e non sempre onorate; del resto era stato speso tutto quello che avevamo solo per comprarci le cambiali. Sì, lui c'era, grande e superbo apparecchio con dentro tutta la musica e tutte le voci del mondo. Voglio che la sua traslazione sia stata come il trasloco dell'Arca dell'Alleanza nel tempio di Gerusalemme, voglio averci danzato e cantato attorno come il re Davide.

E voglio che ci sia tua nonna a lamentarsi per il trafugamento del suo materasso migliore – ma avevamo assolutamente bisogno di quel materasso, era per te – e voglio per di più ricordarmela appoggiata allo stipite della porta che piange di tristezza con il fazzoletto tutto smoccicato stretto in mano mentre noi scendiamo le scale.

E il viaggio. Un meraviglioso viaggio notturno con l'aria tiepida che entra dalle tre dita aperte del finestrino – solo tre dita per non disturbare il tuo sonno neppure con l'aria – e la Mery con una mano occupata a tenerti stretto a sé e l'altra sulla mia mano poggiata sul cambio e un pochino anche sulla mia coscia. Un pochino, ma proprio un pochino, anche più in su, e forse dentro il più in su. Sì, non dovrei dirtelo della tua sacra madre, ma in quel viaggio c'è stato anche questo: era un viaggio molto intimo. Soprattutto nei tornanti, quando il viso della Mery veniva così vicino al mio.

In cima ai tornanti, lassù in alto, c'era Vezzano.

Voglio che ci fosse un po' di luna sopra la torre del castello, tanto per dirci che, sì, eravamo arrivati. E stendardi nella piazza della chiesa, bandiere e stendardi per confermare che eravamo nei giorni del grande fuoco di san Giovanni. E solo una lucina nella via sotto i volti che portavano a casa nostra, per poter entrare al buio e fare fatica a trovare la chiave e la toppa, per doverci scontrare io e lei e rischiare di farti svegliare. Per farti svegliare proprio mentre accendo la luce di cucina.

Ecco. Mi piace pensare che sia stato così, perché è così che dice la leggenda.

Vezzano, nobile castello malaspiniano, salita San Giorgio n. 1. Una casetta di quelle vecchissime, banali casette di paese come si facevano tutte uguali nella vallata. Si entra in cucina, c'è un vano delle scale prima di una stanzetta che diventerà la sala della radio, e ci sono due stanze al piano di sopra. La cosa più bella della casa è la tua stanza: d'angolo, con due finestre, una a mezzogiorno e l'altra al tramonto. Davanti alle finestre i tetti delle case della piazzetta di sotto, e tra i tetti, di qua la curva morbidissima del fiume all'altezza di Ressora, e di là la collina con la torre dei Pisani.

Ma quella casa ha altre bellezze. Il cesso, innanzitutto, ricavato da una vecchia veranda, e dunque con una parete fatta di un'unica finestra. La finestra aveva per decenza i vetri smerigliati, ma se aprivi uno dei battenti avevi davanti una bella fetta di valle, da Santo Stefano a Castelnuovo. Castelnuovo è il paese dove sono nato io e, te lo assicuro, faceva una certa impressione vederselo davanti, disteso sulla collina come un gatto degli orti, mentre facevi i bisogni. E sì che non ero un gran sentimentale.

Il cesso è la stanza più panoramica e più luminosa della casa, la cucina è invece la più buia, visto che non aveva finestre e prendeva luce solo dalla porta d'ingresso. La porta aveva degli scuri che andavano tolti ogni volta se si voleva vederci qualcosa. La cucina non era in effetti un granché, ma conteneva la stufa economica, la Stufa Madre, che è indiscutibilmente la terza bellezza della casa.

Quella stufa lavorava da artista, ma anche da spenta era un monumento. Enorme, di ghisa e latta smaltata, con piedi da leone, inamovibile, incorruttibile. Secondo me hanno per prima cosa posato la stufa e poi intorno le hanno tirato su i muri della casa. Senza quella stufa saresti morto di freddo e di fame. A quei tempi non si scherzava: c'era un bel po' di milleottocento in certi angoli del millenovecentosettanta, e la sopravvivenza stessa del nostro regno si fondava sull'approvvigionamento di legna e carbone per la stufa. Su quanto avevamo in tasca per pagarceli, visto che quelle erano tra le poche merci che andavano pagate in contanti. Il carbonino non faceva credito ai figli dei fiori. Per lui e per tutti quanti i paesani, del resto, per i rincoglioniti e i perdigiorno che si radunavano al bar davanti alla chiesa, noi eravamo figli dei fiori, che doveva essere la classe più bassa nelle loro gerarchie morali.

Finché abbiamo abitato quella casa la stufa ha dato calore alle stanze, ha scaldato l'acqua per lavarci al mattino e alla sera, ha cotto i cibi che abbiamo mangiato, comprese le torte. I buccellati con uvetta e pinoli.

Ho preso nella casa di San Giorgio un'abitudine che non riuscirò più a perdere, quella di essere in piedi il mattino una buona oretta prima di tutti gli altri abitanti della casa. D'inverno, quando io e tua madre andavamo a lavorare, voleva dire alzarsi almeno alle sei. Dopo le prime settimane – ero un cucciolo anch'io, anch'io avevo bisogno di dormire tanto – non è stato più un sacrificio. Oggi è un privilegio che difendo con i denti. Allora avevo un ruolo essenziale e pratico, leggermente venato di mitologico: sovrintendevo all'accensione della Stufa Madre, scaldavo i pentoloni di acqua per la toilette e preparavo la colazione; latte, caffè, pane abbrustolito. La parte mitologica si concentrava nell'accensione, come puoi capire: se escludi l'uso criminale dell'alcol e delle tavolette incendiarie, accendere una stufa, quella stufa, la Stufa Madre, era possibile solo se ti facevi eroe e partecipavi del divino; perlomeno rubando agli dèi tra le molte esche fasulle l'esca giusta.

Pensa dunque a questo ragazzo nel buio e nel freddo dell'inverno che si alza di soppiatto dal caldo talamo nuziale, si imbacucca ben bene e scende in cucina. Passando dal cesso socchiude un'anta della vetrata e dà una sbirciata fuori, attento a non prendersi una polmonite; nel buio pesto laggiù in fondo navigano diritti e puntuti i fari delle poche macchine che passano sull'autostrada, e di fronte galleggiano nella striscia di nebbia gelata che sale dal fiume le poche luci del suo paese. Se nell'autostrada passa un camion, allora sale su fino a San Giorgio il rumore del motore che scala di marcia sul ponte, se no niente, silenzio perfetto. Entra in cucina e si inginocchia alla stufa, tale e quale a un prete all'altare. Ci vogliono anche dieci minuti perché l'esca s'accenda e dia fuoco agli stecchi. È questione di quanto sia concentrato e sensibile. Poi, prima che il caffè cominci a ruttare dalla caffettiera, il latte a tentare di dar di fuori, il pane ad annerirsi, prima che la sua donna scenda – e scenderà avvolta nel suo scialle, con diverse paia di calzerotti ai piedi e le labbra incerte tra un bacio e uno sbadiglio; ma gli occhi no, gli occhi lucidi del primissimo mattino mirano al ragazzo senza incertezza alcuna –, prima che la casa prenda a vivere il suo corso quotidiano, il ragazzo che si è svegliato di buon'ora ha una mezz'ora di tempo in cui non ha niente da fare.

In quella mezz'ora non succedeva assolutamente nulla, non poteva succedere alcunché. Tutt'intorno nel paese era buio e silenzio, giù nella valle e lì tra le colline silenzio, se possibile era ancora più fondo. Nella città gli uffici erano ancora chiusi e nemmeno da lì niente poteva venire a cercarmi. Nessun messo con una cambiale scaduta, nessun maresciallo dei carabinieri con il suo mandato; niente e nessuno si era ancora messo in moto; perlomeno in cerca di me. Ed era persino troppo presto per il primo notiziario del mattino alla radio: anche il resto del mondo era ancora silenzioso per le orecchie di salita San Giorgio.

Ecco, quel tempo lì era come un porto franco, una terra di nessuno, una riva deserta; da lì io potevo lasciarmi andare. Andavo molto lontano. I miei pensieri navigavano in totale assoluta libertà. Io lasciavo che andassero dove gli pareva perché nulla poteva mettersi di mezzo, né dentro di me né fuori di me: era quello un tempo del tutto irresponsabile. E i pensieri nuotavano dentro un gran mare. Era un infinito mare di immagini, ricordi, associazioni improvvise, luci che apparivano abbagliando e sparivano di colpo, lasciando il buio e nel buio una nuova ondata di immagini. A volte precise, come se fossero cose che avrei potuto toccare, cose della casa, familiari, a volte indistinte ed equivoche. Potevo anche spaventarmi dalla forza di certi pensieri, ma, ti assicuro, quello che sentivo di più era una specie di onnipotenza.

Pensavo storie, storie del tutto assurde, impossibili; ricordi che si trasformavano in qualcosa che in realtà non era mai successo, ma che mi sarebbe piaciuto far succedere. Valeva la pena di lasciar andare di fuori il latte o bruciare il pane.

Bastava poi che sentissi tua madre socchiudere la porta della camera di sopra, piano piano per non svegliarti, bastava sentire i suoi passi giù per le scale, che tutto se ne andava come se non fosse mai venuto. Era bellissimo sentirla e vederla arrivare con il suo scialle, con i capelli lunghi e fini tutti arruffati; era bellissimo venire su e prenderti ancora nel sonno, avvolgerti ben bene nella coperta e portarti in cucina. Era del giorno forse la cosa più bella e romantica, sempre. E quella mezz'ora che era appena successa, quel tempo in mezzo al mare, era svanito oltre il chiaro che si stava facendo, la radio che cominciava a dare le notizie, gli ufficiali giudiziari che si mettevano in moto. Solo restava ancora per un po' una leggerissima sensazione di nostalgia, appena un'ombra di una strana nostalgia per un posto dove in effetti non ero mai stato, per qualcosa che non era mai successa.

E io facevo presto a ricacciarla giù da dove veniva. Perché quella cosa non esisteva dove esistevamo noi, noi che eravamo una cosa sola, noi che cominciavamo assieme la giornata del nostro regno.

Così fino all'indomani mattina, alla mezz'ora che sarebbe venuta.

Vorrei adesso che io e te fossimo di nuovo là, nella leggenda del nostro Egitto di salita San Giorgio, nella cucina all'ingresso della casa, alle sette di mattina di un giorno d'inverno tra gennaio e febbraio. La Stufa Madre sta bruciando il suo solito quintaletto di legna. Mastica piano i ciocchi leggeri della robinia perché sa quanto sia importante per tutti noi che durino il più a lungo possibile. È veramente una stufa dal carattere d'oro. Mentre brucia, la robinia manda un delicato profumo di muschio perché il carbonino continua con il suo vecchio trucco di bagnare la legna per fregare sul peso. Ma il profumo è comunque buono e dà un non so che di silvestre a quello forte e duro del caffè che si sta abbrustolendo sulla piastra; come al solito la caffettiera bollendo ha rigurgitato dal becco, bisognerebbe metterci quel pispolo che vendono al mercato.

Tua madre gira e rigira nella tazza decorata con una fila di tamburini, la tua tazza, il latte con il Nesquik per la tua colazione. È seduta vicino alla stufa e so che da un momento all'altro il tepore le farà richiudere gli occhi e si appisolerà per un paio di secondi. Poi si sveglierà di scatto, così schizzerà un po' di latte sulla sua camicia da notte se non addirittura sullo scialle di inestimabile valore. Bestemmierà con la sua voce un po' roca della prima mattina; un'unica bestemmia, molto classica, e riprenderà silenziosa a girare tranquilla il cucchiaio finché anche l'ultimo grumo di Nesquik sarà ben sciolto: sei molto sofistico in fatto di grumetti nel latte.

Tu sei seduto su una seggiola accostata al tavolo. Una sedia qualunque delle quattro che abbiamo in cucina. Non hai un seggiolone e siccome sei ancora molto piccolo non sei propriamente seduto, bensì in ginocchio. Sei inginocchiato su un cuscino ben accosto al piano del tavolo perché tu non possa sbrodolarti. Sei ancora in pigiama e sopra il pigiama porti una bella rebecca di lana trapunta di cerbiatti che ti ha regalato tua nonna. Tua nonna è previdente e tu crescerai, ragion per cui questa bellissima rebecca è stata progettata per durare anche il prossimo anno e magari l'anno dopo ancora. Al momento, anche se hai le maniche rimboccate, ti sono così comode – tua nonna non dice grandi e men che meno esagerate, tua nonna dice comode – che di un'intera mano ti spuntano solo le estremità di tre dita. Brandisci una grossa fetta di pane spalmato di marmellata di ciliegie che, al pari della mano, è per metà nascosta nella manica. So già cosa costerà di tempo e stupida fatica ripulire l'interno della manica dalla marmellata, ma non intervengo. Stai facendo volare la fetta. Bbbzzzz, bbbzz... Stai facendola volare davanti a te nello spazio aereo di tua proprietà; su e giù, zig e zag.

Forse è un aeroplano, forse è l'Ape Maia.

Ti guardo, guardo tua madre, e fumo una sigaretta. Ho già fatto colazione da un po', ho mangiato il mio pane e bevuto il mio latte e caffè, non ho nient'altro da fare adesso che guardarvi e fumare. Tra un poco, andando in bagno, passerò dalla stanza di là ad accendere la radio e il mattino si metterà in moto; bisognerà che tu mangi e lo faccia in fretta, bisognerà che la Mery si lavi e si prepari, bisognerà preparare te e soprattutto fare in modo che anche tu un pochino ti lavi. Bisognerà preparare anche me. Fra due, tre minuti al massimo, la sigaretta farà il suo effetto e avrò bisogno del gabinetto nel suo momento di massima attrattiva per tutti quanti noi.

Tranquilli: ho imparato a fare bene, ma a fare in fretta.

Questione di attimi e incominceranno ad accadere un sacco di cose, ma per il momento la cucina è una scena immobile, una fotografia appena sviluppata che galleggia nella vaschetta del rivelatore. Ora siete miei. Vi guardo e vi possiedo. Dentro la scena riesco a guardare anche me e mi possiedo assieme a voi. Non c'è niente di complicato in ciò che sento. Non mi pare che ci sia neppure qualcosa da sapere, da capire. Siamo perfetti, siamo tutto, siamo l'intero universo conoscibile. E devo andare in bagno.

Seduto sul water, contemplo la vetrata e attraverso lo smeriglio il primo sospetto del sole che sta per sorgere. Non lo ha ancora fatto del tutto; in questo momento sta cercando di districarsi dai rami della pineta sul crinale della collina che gli è stata assegnata per fare alba nei giorni del solstizio invernale. La collina del paese dove sono nato.

Basterà contare fino a dieci perché sia aurora e la luce scivoli, liquida e lenta come la polenta che alla Mery piace così tanto, su tutta la superficie della vetrata. Ma adesso c'è solo questo sospetto, questo vedremo, questo è questione di poco.

Possiedo anche quel poco, anche quello fa parte della cucina fotografata alle sette di mattina di un giorno d'inverno qualunque.

È niente, come noi.

Perché in realtà non siamo niente, non siamo nessuno: siamo una famiglia che sta facendo colazione alle sette di mattina in una vecchia cucina di un piccolo paese. È sufficiente che la fotografia vada in mano a un estraneo perché cambino completamente le proporzioni. Bastava sistemarsi mezzo metro più in alto di quanto alti eravamo noi e chiunque avrebbe potuto confermarlo: nonostante tutta la grandezza che io sentivo, noi non eravamo niente.

L'amore mio per te e per la Mery al tempo della cucina con la Stufa Madre non può ammettere uno sguardo estraneo, uno sguardo disincantato. Si avvilirebbe e morirebbe se solo accettasse questo. Un amore è un grande fatto leggendario e ogni leggenda, grande o piccola che sia, è di per sé sproporzionata, e puoi osservarla vivere solo con uno sguardo perennemente incantato.

Quando vi penso io ho ancora questo sguardo, l'ho mantenuto; è lo stesso sguardo che avevo quella mattina, e molte altre mattine ancora, e molte sere e pomeriggi: incantato di te, incantato della Mery, incantato della vita che si andava sciogliendo da ogni nostro gesto, da quel niente che poteva sembrare all'occhio delle proporzioni, in una vastità incolmabile. Io non ti sto raccontando una storia leggendaria, io la sto vivendo, tale e quale la vivevo al tempo in cui si svolsero realmente i fatti.

Mi chiedo se questo è bene, e se serva a qualcosa di buono che io sia così; me lo sono chiesto tante volte. Non so cosa rispondermi. Penso solo che è pericoloso. E mentre lo penso, sento che questo pensiero è una sconfitta. E mi chiedo: per cosa vale la pena di vivere una vita, se non per la leggenda che contiene in sé? Che senso puoi dare alla tua vita, come puoi renderle giustizia, se non ne sai cogliere la sua grandezza?

Una vita leggendaria. Una vita così pretende di essere vissuta con eroismo. Noi siamo stati eroi. La Mery un'eroica regina, tu un eroico giovane principe. Io un po' meno, visto che ho abbandonato il nostro regno per pura, semplice paura di morirne, schiacciato dalla magnificenza.

Non può esserci un buon motivo per ciò che ho fatto, se continui a vedere la vita dal punto di vista della nostra cucina, se intendi assumerti l'eroico fardello di mantenere viva e imperitura la nostra leggenda. Lo so cosa vede l'occhio rovente della Stufa Madre quando guarda il mio didietro che si incammina oltre la porta della cucina: vede solo un gran figlio di puttana.

Nel tempo ho preparato parecchie buone risposte da dare alla Stufa Madre, direi che ho usato gran parte delle mie energie e dei miei anni per questo. In definitiva, buone che potessero apparire, non sono state risposte che hanno funzionato. Oggi sono ancora una parte del quadro che mi è apparso trenta anni or sono in quella casetta che mi ostino a pensare che sia ancora là, di fronte alla Grotta della Madonna di Rebocco. Ho solo cambiato posizione: non più la figura che è acciambellata attorno alla natività, la presenza leggermente discosta che l'avvolge tutta, ma qualcuno che si intravede al lato estremo, una figurina seduta su una pietra al bordo della strada. E, ammesso che ci cada l'occhio sopra, non si capisce bene cosa ci stia a fare lì; se, andando per la sua strada, riposi, o se stia aspettando qualcosa, magari di trovare il coraggio per farsi avanti o per riprendere ad andare.

Andare sono andato, ho avuto modo di cogliere del mondo le sue proporzioni, della vita oltre salita San Giorgio tutta la vastità. Ma come era grande quella cucina, e la casa tutta come lo era; e il gabinetto era grandissimo, il più grande che ho mai avuto nella mia vita. Così come non c'è mai più stato un panorama così vasto davanti a me, a me seduto sul water, regale.

A piazza Alimonda

Potrei discutere con te di mille cose ma non di questa, non di chi sei tu per me, chi sono io per te. Ho paura di quello che potresti dirmi, di come me lo diresti, dell'espressione del tuo viso mentre me lo dici, del movimento delle tue mani; del rumore che farebbero le punte delle tue scarpe sfregate per terra mentre cerchi di dirmi qualcosa dandoti il tempo per dire la cosa che ti sembrerà giusta. Mentre io sto lì a struggermi chiedendomi se quello che stai per dirmi sarà la verità, una verità, o semplicemente qualcosa che ti levi dall'imbarazzo. Ho paura che potresti trovare il coraggio di chiedermi tu qualcosa; potresti, per esempio farmi la stessa domanda di tua madre: perché te ne sei andato? Non so se potrei dirti "per troppo amore" senza provare vergogna. Ho paura di sentirti dire: "Che figlio di puttana".

Ecco, ho scritto questa parola, la parola *paura*, e allora voglio dirti quanta ne ho avuta, di paura, lo scorso luglio proprio riguardo a te: paura, pensa, di incontrarti.

La Zona Rossa di Genova, ricorderai cos'è. Quando, una notte, hanno chiuso con delle barriere di ferro tutto il centro della città, e davanti alle cancellate hanno messo gli idranti e le autoblindo, persino dei cavalli da guerra, oltre a ogni genere di truppe di polizia. Ma tu sai tutto di questo, tu sei "del ramo", e avrai ben visto tutto quello che c'era da vedere alla televisione e letto tutto quello che c'era da leggere sui giornali. Avrai avuto informazioni dettagliate e appassionati racconti al ritorno alla base dei tuoi colleghi.

Io ero lì. Tu non c'eri. Lo so che non c'eri perché ho voluto sincerarmene il giorno stesso che hanno cominciato a issare le barriere.

C'era una grande, inimmaginabile calma nella città deserta. Il mattino di quel mercoledì la gente era all'improvviso sparita; migliaia di persone erano svanite dall'oggi al domani come se fossero state risucchiate fuori dalle grate. Nelle piazze e nelle vie magnifiche e vergini, nei budelli dei caruggi dilavati dagli idranti della polizia in servizio di nettezza urbana, una lavanda gastrica che non ha lasciato a terra nemmeno le ombre, ti pareva di galleggiare in uno di quei sogni che non riescono a finire neppure quando ti sei svegliato già da un po'. Tra i nuovi abitanti in divisa, qualunque fosse la loro divisa: da carabinieri o da giovani teppisti, da forestali o da avvocati, non un segnale di pericolo, non un gesto di tensione, non una sola voce fuori tono.

L'atmosfera era quella di un teatro un attimo dopo che si è aperto il sipario e la scena è tutta ancora immobile; viva e pronta a iniziare, ma inerte e rilassata come è naturale che sia quando chi ha allestito lo spettacolo è un regista esperto che ha a disposizione una compagnia di attori di alta qualità. Tutto si è mosso al ritmo giusto, tutto era davvero perfetto e pulito e ordinato, in ogni respiro, in ogni movimento, in ogni parola nella Zona Rossa. Almeno fino al venerdì.

C'è una via, salita Pollaioli, non più lunga di cinquanta metri, che mette in comunicazione la piazza del Palazzo Ducale con la città dei vicoli più neri e antichi. In salita Pollaioli hanno messo una barriera perché non ci fosse contatto tra i vicoli e la loro gente, così poco presentabili, e la sede immacolata e maestosa dove si sono incontrati i Grandi della Terra. Il venerdì mattina alle grate della barriera la gente dei vicoli ha appeso dei fiori e dei nastri colorati. Ho visto quei fiori ficcati tra le maglie di acciaio e la sensazione di trovarmi nella finzione si è immediatamente dissolta: quei fiori non facevano parte del palcoscenico, quei fiori erano una realtà e una verità.

Non so se tu puoi capire, perché è molto probabile che tu non abbia mai visto le immagini che io conosco. Sono le fotografie del filo spinato, delle grate e delle cancellate dei campi di concentramento, dei ghetti, delle galere, dei campus, di ogni genere di recinto dove sono stati rinchiusi o esclusi degli uomini. Quando viene innalzata una barriera, prima o poi qualcuno mette dei fiori. Perché la presenza di una barriera è intollerabile, insopportabile anche alla vista. Perché quando viene innalzata una barriera prima o poi qualcuno finisce per tentare di valicarla, e quei fiori sono per lui.

Per chi erano i fiori di venerdì mattina in salita Pollaioli? Per nessuno: al momento tutto era tranquillo e in ordine. Erano solo per la barriera, messi dalla gente che abitava di là dalla barriera; un gesto di bellezza contro il disordine che la barriera aveva portato nella loro vita. Sì, ma erano anche per qualcuno, per qualcuno che sarebbe venuto. Che puntuale si è presentato con una trave di legno in mano per farsi inchiodare a quella barriera.

E infatti, poco dopo, la scena immobile, la compagnia dei teatranti eternamente in posa, si sono trasformate in un grande disordine, abbastanza disordine per tutte le autoblindo, i cavalli, gli idranti e le pallottole che aspettavano di rendersi utili.

E io ci sono entrato nel disordine, e sono finito nel suo cuore, se posso dirlo.

Era dal 1977 che non partecipavo a una manifestazione politica, che non entravo in una piazza o marciavo per una via. Ricordo bene la data: i primi giorni di settembre del 1977, a Bologna. Si è trattato di una cosa molto importante per me: lì ho capito che non avevo più speranza di costruire il mio regno assieme a qualcuno. Non insieme alla mia donna, che non era più con me, non assieme a qualcun altro che avrei potuto sentire mio compagno.

In quegli anni mi ero abituato a chiamare "compagno" un bel po' di persone, ma a Bologna, nei cortei e nelle assemblee e nei comizi che poi sono passati alla storia e ai manuali di addestramento della polizia politica con il nome di Giornate contro la Repressione, in tutti quei giorni non sono riuscito a trovare un posto per me, né una faccia in cui riconoscere un mio compagno. Non semplicemente un compagno, capisci? Ma un *mio* compagno. Ho passato ore, giorni, sui marciapiedi a veder passare tutti quei visi senza riuscire a fare quel breve movimento che mi avrebbe portato tra loro.

Sono rimasto ai margini. Ma non c'era modo di entrare lì dentro: vedevo solo facce di sconosciuti. Molti tra quegli sconosciuti avevano la disperazione che gli usciva dalle labbra come un rigurgito di bile, altri la disperazione se la tenevano stretta nella mano sinistra, impugnata come un revolver. Io e tua madre, quando costruivamo il nostro regno, nelle notti che abbiamo passato a raccontarcelo e nei giorni in cui abbiamo cercato di vederlo, non abbiamo mai tenuto in nessun conto la possibilità che potesse essere abitato da disperati. Non dico che non fossimo arrabbiati, eravamo famosi per come potevamo essere arrabbiati. Ma mai disperati. La disperazione era come la merda che ci faceva tanto orrore; era la trappola mortale da cui dovevamo guardarci. Noi volevamo costruire la casa dell'anarchia, la casa dell'umanità nova: bisogna ben essere colmi di fiducia e ripieni di speranza per imbarcarsi in un'impresa del genere.

Per ventiquattro anni me ne sono dunque restato al margine, sul marciapiede. Solitario. Un anarchico libertario solitario che odora di acqua di rose. Sì, un po' troppo profumato, a voler seguire il rigore dell'ortodossia. Un anarchico dal bel cuoricino non è esattamente l'uomo da cui aspettarsi l'azione riscattatrice e il pensiero risolutore. Niente di esplosivo da uno come me: non si udrà sull'eco dei miei passi il rombo redentore della dinamite. Non ho scusanti al riguardo. Come ti ho già detto, sono sempre stato così: con il cuore in mano e la mitraglia scarica.

Quel sabato di luglio la mia intenzione era, come sempre, di sistemarmi al bordo, e invece a un certo punto mi sono trovato nel mezzo del corteo. È che dopo così tanti anni mi sembrava di aver riconosciuto le facce dei miei compagni, facce buone per la casa dell'umanità nova, facce speranzose. Sono entrato dunque, e vicino a me camminavano delle ragazze con il viso dipinto ad arcobaleno con i pitturini da usare con le dita, i tuoi pitturini di quando eri bambino, addirittura lo stesso odore di roba dolce e immangiabile che avevano allora. L'odore era forte per via del gran caldo e del sudore. Forse ero troppo vecchio per camminare assieme alle ragazze dipinte, ma non ho importunato nessuno, nessuno mi ha sospinto verso i margini.

Poi è arrivato il disordine e, come se l'apparato del disordine fosse stato messo in moto appositamente per quelle ragazze, all'improvviso io e le dipinte ci eravamo nel cuore. Proprio al centro di quello che tu sai che è successo.

L'unica cosa che posso dire di sapere con precisione è che ho cercato di scappare dalle manganellate, dai calci, dai lacrimogeni. So con precisione che delle dipinte solo una è uscita dal fumo ancora in piedi e si è messa a correre con me. Ricordo un dettaglio non secondario: che aveva i tacchi e che le ho gridato di togliersi le scarpe, e lei non l'ha fatto. Correvo con un fazzoletto premuto contro la bocca cercando di non vomitarmi addosso, e la cosa che mi sembrava più notevole tra tutto quanto erano quei tacchi e la ragazza: era sorprendente come fosse a suo agio a correre a perdifiato con delle scarpe così controindicate. Pensavo anche che era molto bella a vedersi.

Io e la ragazza con i tacchi abbiamo cominciato a correre e non abbiamo mai smesso fino a sera. Non c'era un posto dove fermarsi.

Più che aver paura di quello che sarebbe potuto capitare a me, il dolore delle botte, l'umiliazione di un arresto, o cose del genere, ero angosciato dalla grande paura di poterti incontrare. Questa stranezza mi si è chiarita da un certo momento in poi, quando ho finito di scappare per le strade e ho potuto riprendere fiato e ho incontrato il poliziotto con i baffi.

Verso sera ho lasciato la ragazza con i tacchi seduta su una aiuola nel deserto di cassonetti intorno a piazza Alimonda. L'ho appena salutata e lei al mio saluto non ha potuto neppure rispondere; singhiozzava con la bocca incollata a un telefono cellulare mentre continuava a ripetere, a qualcuno, chissà dove: "Ti voglio bene, ti voglio bene, ti voglio bene, ti voglio bene". Una cantilena come un rosario, il suo mantra.

Mi sono messo a cercare il modo di tornare a casa. Ce l'ho fatta perché mi ha aiutato un poliziotto, un ufficiale che comandava una squadra intorno alla stazione Brignole. Mi ha indicato lui una strada sicura da fare. E abbiamo parlato. Abbiamo incominciato, mi pare, soprattutto per sfogare un po' della tensione che avevamo accumulato, io di qua lui di là, sulla strada del disordine da ormai dieci ore. Non sono stato molto discreto con lui, non gli sono stato granché di aiuto per la sua tensione. Perché avevo visto picchiare così tanta gente? perché la gente che ho visto picchiare era quella sbagliata? Gente inoffensiva, gente spaventata, gente incapace persino di ripararsi la testa con le mani. Gente con le mani stupidamente, inutilmente alzate. Perché?

Se n'è stato a sentire per un po', un bel po' devo dire; zitto con gli occhi sulla mia faccia, e dentro gli occhi un qualche rammarico privo di astio, come se fossi stato io a rovinargli la giornata e però non si sentisse di farmene una colpa. Era un uomo di più di quarant'anni, grosso, con una faccia grossa e due grossi baffi. Nel guardarmi il baffo sinistro gli vibrava leggermente; non erano le labbra a fremere, come succede quando uno ha un attacco di ansia o di rabbia, solo il baffo, come se quel baffo provasse con discrezione a staccarsi senza farsene accorgere e andarsene per suo conto. Non mi ha picchiato, come avrebbe potuto fare e come forse gli sarebbe tornato utile per la sua tensione. Ha cercato una buona risposta e poi me l'ha data. "Vede – e mi ha mostrato il casco e la maschera antigas che teneva in una mano – vede, quando porto questi affari addosso, io non vedo e non sento più niente."

Ecco di cosa ho avuto paura, e l'ho avuta in cuor mio sin dal giorno che hanno issato le barriere, anche se le parole precise della mia paura le ho sapute solo alla fine degli scontri per bocca di un tuo collega: ho avuto paura che tu potessi essere lì a fare il tuo lavoro senza poter vedere né poter sentire. E di incontrarti. E se mi chiedo cosa possa far accettare a un uomo il non sentire e il non vedere ciò che sta facendo con le proprie mani, e con le armi che tiene tra le mani, so già rispondermi che ci sono molti uomini, uomini per bene come quel tuo collega, che fanno quello che devono fare, punto e basta. E pensano sinceramente, da brava gente com'è, di non poter fare che così. E forse è vero.

E allora Dio voglia che tu non ci sia. E se questo non è possibile, perché neppure Dio ce la fa a cambiare gli ordini di servizio, allora Dio voglia che non ti incontri: non vedendo e non sentendo, potresti anche non riconoscermi.

C'è un'aggiunta al finale di quei giorni, un'aggiunta che non è per te, ma solo per me. La domenica mattina sono andato alla scuola Diaz "teatro dell'irruzione notturna delle forze dell'ordine" come era scritto nell'avviso. Ci sono stato in una sorta di gita per giornalisti, e come tutti gli altri sono andato per vedere il sangue. L'ho visto. È la prima volta nella mia vita che vedo del sangue umano, che non sia il mio, che non sia di qualcuno che si è tagliato con un vetro sulla spiaggia o con un coltello affettando il salame.

È stato un bene che io lo vedessi, anche se ne ho visto molto di più di quanto me ne sarebbe bastato. È diverso da quello delle fotografie e dei film. È diverso innanzitutto perché è lì, proprio lì, disponibile a essere toccato, volendo, o a essere calpestato, come mi è successo. Ci ho messo sopra un piede, distrattamente, senza volerlo, solo perché ce n'era dappertutto, sparso a casaccio, senza un piantone che avvisasse "attenzione c'è del sangue umano" o un cartello che dicesse di prestare attenzione. Nessuno che mi abbia avvisato "ehi, attento, stai calpestando il sangue di un uomo", nessuno che mi abbia rimproverato o anche solo guardato storto. Eppure, accorgendomene, ho pensato di aver fatto una cosa orribile, disgustosa: ho calpestato il sangue di un uomo.

Sangue umano. Sangue umano. Sangue umano. Il mio mantra di domenica mattina.

Ma il lunedì già pensavo a dell'altro, già cercavo di ragionarci su. È un buon segno questo, il fatto di poter essere turbati dai fatti della vita senza soccombere, anche quando lì per lì ti sembrano terribili. È un segno di maturità; è, in qualche modo, un passaggio all'età adulta. Calpestare del sangue e tirare avanti, ecco come riconosci un uomo da un ragazzo.

Vedi allora? Oggi non sono solo un figlio di puttana, sono anche un uomo fatto e finito.

Fuori la buriana è cessata, si è fatta notte, una notte calma. Su per la crosa, dai rami più alti di un cedro del Libano salgono i richiami dei gabbiani. Oh, non sono gabbiani, lo so: sono due famiglie di pappagalli che l'anno scorso si sono stabiliti qui da noi, fuggiti dalla gabbia in qualche altra parte della città. Si sono ambientati bene nel folto del cedro e ogni mattina partono per procacciarsi il cibo verso i magazzini granari del porto. È lì che hanno imparato a imitare i gabbiani.

È un po' che sto pensando a insegnargli a cantare qualcosa, magari una canzoncina da fare in duetto io e loro; mi piacerebbe mettermi la sera qui sul terrazzo dello studio e cantare assieme ai pappagalli. Potrei cominciare con la più facile che conosco:

Policia policia
tutta a merda porta via.

Sono certo che non sarà un problema per loro impararla: è senz'altro più difficile fare finta di essere gabbiani. I tempi poi sono cambiati e io e i pappagallini potremo cantarla a squarciagola quanto ci pare e piace, senza aver paura che ci vengano ad arrestare.

Canteremo io e i pappagallini la tua potente canzone libertaria.

L'uomo che adorava i presepi

Non c'è un momento che deve succedere, succede e basta, e di solito succede quando a rigor di logica non potrebbe succedere niente. In particolare succede quando non dovrebbe.

Ad esempio può capitare nel bel mezzo della Settimana Nera.

Nella parte peggiore dell'inverno, una settimana di gennaio fradicia di pioggia gelata e incessante, pesante dell'aria puntuta di ruggine, quell'odore di ruggine marcita nel salmastro che porta il libeccio al seguito del convoglio perpetuo di nuvole. Nuvole buie più che nere.

Nella parte peggiore dell'anno, una settimana di vetrine in rifacimento e cassonetti stracolmi di imballi, quando i panettoni sono in liquidazione al prezzo di uno per due e i concessionari di reti per la telefonia mobile offrono vantaggi esclusivi per i nuovi abbonati. E i nuovi abbonati firmano piani rateali sfuggenti e implacabili che li rendono tetri e scontrosi già un attimo dopo il fatto compiuto.

La città nel suo complesso fa fatica a sostenere con dignità il peso della Settimana Nera, ma il centro la patisce in modo particolarmente crudo.

Nei vicoli non piove in senso vero e proprio, la pioggia non ha possibilità di scrosciare e dilavare, ma solo di infiltrarsi, scivolare, gocciare e infradiciare. Acqua impastata negli intonaci marci e nel guano dei piccioni, che suppura dalle impalcature delle ristrutturazioni, dai passaggi sospesi, dalle gronde sbrecciate, dalle tende impregnate di vapore delle friggitorie, dalle insegne sfregiate degli alberghi a una stella. E viene alla fine a cadere a terra sui selciati sconnessi sotto forma di un sordo, nauseante deliquio.

La gente si muove nell'acqua che cala seguendo traiettorie immaginifiche, del tutto prive, a prima vista, di logica. È l'andatura dei profughi. In realtà sono dei poveracci che cercano di evitare i cornicioni pericolanti e i piovaschi parassiti generati dalle gronde. Non c'è androne di vecchio palazzo patrizio e decaduto che non sia ingombro di venditori cingalesi di ombrelli. Si protendono voraci nel vicolo smaniando 3 euro per il modello retrattile, 5 per il modello per signora a struttura fissa. Fumano i cingalesi alito dalle scarpette ginniche da due soldi inzuppate e deformi come gli imballi di cartone fuori dalle botteghe. Il pane del fornaio è madido e molle come i naselli del pescivendolo accanto.

Le trattorie a buon mercato e i caffè specializzati in aperitivi con stuzzichini e insalatone sono strapieni di gente irritabile e confusa; perlopiù impiegati favoriti dai ticket restaurant. Gente con scarpe buone, tuttavia disperata di potersi scaldare e asciugare con il semplice calore dei termosifoni appena tiepidi. Gente che altrimenti sarebbe molto curata nella dieta, ed è disposta per tutta la Settimana Nera a divorare doppie porzioni dei cibi meno sani, pur di accaparrarsi grassi da ridurre in calorie e riempire i vuoti, i molti vuoti della settimana peggiore dell'anno.

Non si fanno nuove amicizie nella Settimana, neppure in questi locali così affollati, dove gli sguardi più che sfiorarsi si leccano.

L'uomo di cui adesso vi racconto è in perfetta sintonia con tutto questo. Naviga dentro la Settimana Nera bordeggiando nella risacca dei vicoli senza aspettarsi niente di meglio: al momento non gli risultano ragionevoli obiezioni al fatto che ciò che vede può anche essere un assetto definitivo del mondo, della città e di se stesso. In verità ciò che vede intorno a sé è così consonante a ciò che osserva dentro di sé, che potrebbe camminare a occhi chiusi.

Oltretutto è ben attrezzato, dalle scarpe al cappello, e il suo ombrello retrattile, cosa rara nei vicoli, ha tutte le sei stecche funzionanti e può svolgere egregiamente la funzione di radar e di sonar.

Non che l'uomo sia nato per il libeccio o per le offerte speciali, ma è uomo dalle mille risorse, capace di cavarsela nelle scabrosità della vita con i lunghi passi dinoccolati con cui ora procede spedito sui selciati traditori di Canneto il Lungo e San Bernardo. Un uomo a cui, per altro, non sono sconosciute né la gioia né l'ottimismo.

Ciò nondimeno non ha potuto sottrarsi al destino che ha voluto collocarlo nel cuore del momento peggiore dell'anno, e il caso ha voluto che la Settimana Nera lo cogliesse in quello che del tutto spassionatamente considera come il momento peggiore della sua vita. Almeno per quanto riesce a ricordare.

Il fatto è che quell'uomo adora i presepi. Se c'è un'attività a cui si era dedicato con costante passione sin dall'infanzia è appunto la costruzione di presepi. Una carriera iniziata al seguito di suo padre, quando il suo primo modesto incarico era quello di portare il sacchetto con dentro l'erbino che andavano raccogliendo negli anfratti umidi di certe aiuole rocciose dei giardini pubblici. Una carriera promettente ma tutta in salita, di cui ha percorso i gradini uno a uno, da apprendista prima e da allievo poi, addetto allo sgombero del tinello, quindi alla costruzione dei sostegni per le montagne, poi alla posatura degli alberi e dei praticelli. Fino a che, ormai alla sua prima giovinezza, aveva potuto finalmente discutere con il padre l'impianto generale, il progetto stesso del presepe di casa.

Raggiunto questo risultato, di casa se n'era andato, inoltrandosi nel mondo per la sua strada. Aveva con sé nel bagaglio un Gesù Bambino sottratto da una delle scatole da scarpe in cui era custodito il presepe di famiglia, una statuetta di gesso qualunque, anche un filino scrostata nell'indice teso della manina sinistra, che aveva, forse, come unico fascino di essere nata pressappoco assieme a lui.

Con quella statuetta aveva dato inizio ai suoi presepi personali, quelli che costruiva intorno alla seconda settimana d'Avvento, ovunque si trovasse. E all'inizio erano dei postacci. Ma comunque fosse, c'era sempre un posto adatto per mettere il Bambinello. Tra le pagine di un libro aperto, in una scatola di fiammiferi. Protopresepi. Che andavano ampliandosi di anno in anno; per molti anni e molti traslochi. Presepietti assai ben trasportabili, fatti di poco e niente: la Sacra Famiglia, un paio di fogli di carta da montagne, due o tre ochette e un paio di pecorelle.

Aveva una particolare predilezione per le ochette. Forse perché erano state le prime figure che suo padre gli aveva permesso di sistemare a suo piacere. Aveva forse sei anni e le aveva messe in fila, erano tre, su un vecchio specchio scheggiato travestito da laghetto. Erano tre ochette che si spingevano verso il largo e l'ignoto di un vasto e sconosciuto lago. Erano questo secondo lui. E così erano rimaste.

E le prime figurine che aveva comprato per aggiungerle al suo vecchio Bambinello erano proprio state tre intrepide ochette di terracotta dipinta. Un articolo assai costoso per le sue incerte risorse, e per il lago aveva dovuto arrangiarsi con la carta stagnola sottile e argentina di tre pacchetti di sigarette nazionali.

Con il volgere della fortuna, l'uomo ha trovato nel tempo luoghi sempre più adatti per l'ampliamento di sé e del suo presepe. Ci sono stati anni di tirocinio, anni ricchi di esaltanti intuizioni e sconfortanti fallimenti, anni in cui ha maturato una particolare intelligenza visionaria. E usava le sue visioni nella progettazione di sfarzosi scenari presepiali.

Finché, giunto alla sua maturità, ha finalmente potuto considerare con indicibile gioia di essere riuscito nell'opera ingegneristica della sua vita: un presepe che aveva raccolti in sé la perfezione, la poesia, il fascino, l'originalità di un'opera unica. E la solida bellezza di un lavoro realizzato a regola d'arte sin nei minimi particolari, dai riflessi dorati sullo specchio d'acqua delle intrepide ochette, all'espressione sul volto di Maria, la Prescelta.

Un presepe vivente.

In quella che da ogni punto di vista non poteva che considerare la sua opera definitiva, aveva infine collocato se stesso. Nella parte che si era riservato come quella più consona alle sue aspirazioni e alle sue capacità interpretative: la parte di san Giuseppe. Il castissimo sposo. Nel tenero abbandono di una fissità che poteva solo essere eterna, aveva posto fiducioso la sua vita come ultimo gesto.

Penultimo gesto in verità.

Ora, nei giorni dei panettoni stantii, mentre nelle sacrestie le beghine di parrocchia involtano nella carta e nei panni benedetti le statuine e i cieli stellati – un segno di croce per Maria, Giuseppe e il Bambinello –, l'uomo sta vivendo negli esiti del suo ultimo gesto, quello imprevisto, e considera di avere tra le mani tutto ciò che della sua opera è avanzato: se stesso. Attraversa il centro della città senza più il bue e l'asinello, il Bambino e Maria, avendo sopra di sé pioggia gelida di libeccio e sotto i piedi fanghiglia composita, gli avanzi delle alte montagne, dei palmeti in riva al lago, delle greggi e dei torrenti del suo presepe.

Abituato com'è alla sua bella capanna di assi di pino e di fronde di palma, avrebbe desiderio di un riparo, di qualcosa di caldo. Sa che non troverà in tutta la città un caffè abbastanza adatto per quello che desidera, ma quell'uomo ha mille risorse e se la caverà comunque. Lo sa che se la caverà, e tutto sommato trova un poco faticosa questa innata virtù. Vorrebbe riposare, questo sì, riposarsi persino dalle sue risorse. Per intanto marcia, passo lungo, in giro per faccende nella Settimana Nera, per le faccende che non finiscono mai, con nessun tempo, in nessun tempo.

E gli appare la Bella. Al bordo dell'ampia e fonda pozzanghera di piazzetta San Donato, la Bella gli appare.

La bella ragazza si immerge nell'acqua disgustosamente oleosa della pozzanghera, riemerge e gli taglia la strada. Lo guarda diritto e lo ferma con un leggero movimento delle labbra. Gli dice: "Ho freddo, ho appetito".

E l'uomo non tollera questo. Non vuole che la Bella gli appaia, lo guardi, che muova anche solo le labbra.

La Bella. Conosce, sa già. Non gli è ignota. L'ha vista più volte, e con tempo migliore, sotto luci diverse e svariati fondali. Inadatta; all'occhio esercitato del presepista, del tutto inadatta. Difforme e inconciliabile con la tradizione e con l'innovazione.

La bella ragazza lo sfiora, lo tocca e gli parla negli occhi: "Vieni, mangiamo qualcosa".

Giuseppe guarda nella pozzanghera. Vuole rivedere con precisione il primo suo sguardo alla Bella. L'acqua oleosa gli ricorda che era in controluce, in epoca di solstizio estivo, quando nei vicoli il sole entra la sera radente come un occhio di bue che taglia in due la scena di un vecchio teatro.

Un profilo, il più bello che avesse mai visto. E dentro la bellezza un movimento: un movimento che esala intorno come un vapore. Se ne va, ha pensato Giuseppe dentro il suo primo sguardo, questa donna se ne andrà: lei è la bellezza che non resterà mai da nessuna parte. Non c'è presepe per lei.

"Andiamo a mangiare qualcosa." Le labbra della Bella si muovono nell'aria di ruggine come il suono di un'arpa di mare.

L'uomo non esclude la cosa peggiore. Non l'ha mai esclusa, ma ora la constata fin troppo evidente nel richiamo dell'arpa di mare: è da quel profilo che proviene la sua epoca odierna, da quell'apparizione inadatta l'abbrivio per il suo indesiderato, ultimo gesto. Oh, lo sa chi ringraziare.

È la parte peggiore dell'inverno, nessun dubbio su questo. L'avrebbe vomitata lì, la bella ragazza, se solo non l'avesse a un certo punto guardata di nuovo. Ancora guardata una volta. E intravisto attraverso la ruggine il suo movimento. "Se ne andrà" conferma alla sua anima l'uomo.

"Andiamo" le bisbiglia all'improvviso, andiamo a vedere dove andrà a finire l'appetito. "Ho fame anch'io."

Mangeranno qualcosa, probabilmente in una casa, la sua o quella della Bella. Di certo non in una capanna, e nemmeno in un caffè visto che nessuno dei due ha ticket restaurant da spendere. Mangeranno qualcosa senza sapore, solo per farsi caldo dentro. Poi faranno l'amore. Perdutamente, visto che quell'uomo ha mille risorse e per l'istante di quell'amore non ne ha scelta nessuna.

Fontevivo

Dove siamo arrivati amore mio questa sera? Guarda, a ridosso del muro di una galera. Quanta strada anche oggi, quanta voglia anche oggi per portarci fin qui. Come sei bella. Come sei ancora bella dopo tutta la strada che abbiamo fatto. È davvero possibile che tu sia così? E sei più bella di ieri.

Questa storia ha bisogno di una città. Non importa che sia una grande città o che abbia particolari attrazioni; basta che abbia un bel po' di strade. Va bene anche una città modesta, una tra le tante dove chiunque può capitare, viaggiando nel cuore del paese.

Mettiamo che sia proprio così. Allora la città è esattamente come ce la si può immaginare. Con il suo centro antico, modestamente pregevole, un corso con aiuole di kenzie, una piazza porticata, un bel palazzo con un museo d'arte, e un palazzo né bello né brutto con il teatro municipale. Un negozio Max Mara, due United Colors, tre caffè con aperitivi. Parecchia gente per strada nelle ore di punta, automobili, autobus. Intorno a tutto questo ci sono dei viali alberati di vecchi, ombrosi platani. I viali delimitano il centro in un quadrilatero segnato dalle antiche mura cittadine. È importante per una città modesta aver avuto delle mura, come è altrettanto importante averle abbattute per poter dilagare oltre. Oltre i viali, infatti, si apre una vasta periferia.

La periferia di una modesta città è destinata a essere ancor più che modesta. Prevedibile e sciatta, ecco come la vediamo dirottando dai viali lungo strade diritte e spoglie. Quelle strade sopportano senza capirli nomi di uomini, paesi e battaglie. Didascalie di travertino appese agli angoli di palazzi ottusamente quadrati; domande di un gioco a quiz adatto agli anziani del centro sociale prefabbricato che certamente troverete in uno dei grandi cortili delle case popolari. Case Fanfani nella prima periferia, piani di edilizia popolare nella seconda, e opere di feroce speculazione nella terza e penultima periferia. Per ultimo, i supermercati Discount, le concessionarie di automobili, le ditte di materiali edili e le sedicenti imprese di consulenza informatica; la zona che è stata un tempo industriale, che forse tornerà a esserlo.

Lì le vie sono stradoni sconnessi che si perdono negli incolti oltre la ferrovia seguendo tracciati ridisegnati due, tre, infinite volte, tante quanti sono stati i periodi di sviluppo e quelli di regresso dell'economia cittadina. Li intersecano dei bivi raschiati via con la ruspa; a volte, non sempre, hanno conficcato ai bordi un palo con delle indicazioni, ma sono segnali che assai raramente aiutano a chiarire un dove o un perché. Laggiù una volta era tutta campagna, proprio così.

Non ci sono marciapiedi negli stradoni dell'estrema periferia; sarebbero inutili, visto che a nessuno verrebbe in mente di passeggiare da quelle parti. Peccato però, perché passando di fretta si perdono molti dettagli singolari che rendono movimentata quella che solo apparentemente è una desolata uniformità.

Ad esempio la fioritura, anche in pieno inverno, della malvarosa, della camomilla e del tarassaco che rigurgita dalle fessure dell'asfalto lungo i cordoli marciti di via Fontevivo.

Via Fontevivo è una strada lunga diversi chilometri che nasce di qua dallo scalo merci della ferrovia e prosegue diritta oltre la fornace di mattoni andata fallita, si inoltra per un vasto fondo abbandonato dove ancora crescono rose antiche e susini, e si esaurisce davanti alle carceri della città, la destinazione per cui è stata tracciata. È facile inciampare lungo via

Fontevivo in grandi pozzanghere anche nei periodi siccitosi dell'anno; è per questo che è una strada così leggiadramente fiorita. Sotto l'asfalto scorre ancora, a tratti profondo a tratti quasi a pelo, un rivo generato dalla fonte che le ha dato il nome. La fonte stessa è custodita nei sotterranei del carcere.

Il carcere è una modesta Casa Circondariale.

Accanto al carcere c'è un caffè. È così dappertutto: dove c'è un carcere c'è anche un caffè. Nelle grandi città dotate di grandi carceri è un grande bar con annesso un emporio minimarket, edicola, tabacchi e telefoni. In questo caso, essendo il carcere assai modesto, si tratta di un piccolo caffè.

Il piccolo caffè è un prefabbricato di legno e lamiera progettato nello stile di uno chalet di montagna. Prefabbricati come quello sono in mostra già montati non distante da via Fontevivo, presso la ditta Alps; sopra la baracca della direzione c'è uno stendardo di plastica che dice: La Casa per tutti al Mare e in Montagna. Affisso alla porta un cartello illustra i diversi modelli; per il caffè è stato utilizzato il modello Chamonix, un articolo di fascia alta.

Il Caffè Chamonix non è più grande di una stanza di appartamento, eppure, oltre a contenere tutto quello che i clienti possono desiderare di comprare in un posto del genere, è fatto in modo che ci possano stare tre tavolini, tavolini rotondi da bar. E anche due sedie per ogni tavolino. In quel caffè entrano spesso persone che hanno bisogno di riposarsi un po', di bere qualcosa in pace, di conversare confidenzialmente. In quel minuscolo locale entrano molti avvocati con i loro clienti, clienti che solitamente sono parenti di carcerati che hanno appena visitato o che stanno per incontrare; parenti ansiosi e sconfortati, avvocati ipertesi e stressati. Entrano guardie carcerarie prima o dopo un duro turno di lavoro, magistrati di sorveglianza e pubblici ministeri con la loro scorta. Tutta gente che ha voglia di sedersi un attimo, che ha bisogno di un caffè come si deve. Forse capita anche che entri un carcerato ogni tanto, un neo ex carcerato, naturalmente.

Se entra è perché anche lui ha bisogno di fermarsi un poco prima di andare da una qualche parte; bere qualcosa di caldo o di fresco, mangiare magari un panino, comprare un Gratta & Vinci e starsene un po' lì a scoprire con calma la combinazione sotto la doratura.

Oggi, nel cuore di dicembre, alle sei passate di sera, il Caffè Chamonix è quasi del tutto vuoto, se può sembrare vuoto un piccolo locale zeppo di scaffali, frigoriferi ed espositori. Ma sono liberi due tavolini dei tre, e questo è quello che lo fa sembrare deserto. Il terzo è occupato; è il tavolino accanto alla finestra, una piccola finestra da chalet con le tendine a quadretti bianchi e rossi raccolte da un nastro con il fiocco. Dalla finestra si vedono il tronco e i rami più bassi di un vecchio tiglio e un pezzo di strada; oltre la strada il muro di cinta della prigione. Da primavera ad autunno le grandi foglie del tiglio formano un gradevole séparé oltre il quale non è possibile intravedere neppure l'asfalto della strada. D'inverno naturalmente questo confortante effetto di straniamento è più difficile da raggiungere. Adesso siamo in pieno inverno.

A quel tavolino siedono l'uno di fronte all'altra un uomo e una donna. Un uomo e la sua donna, una donna e il suo uomo. Si vede, lo capirebbe chiunque, se non altro per il fatto che se ne stanno in silenzio, per la particolare qualità del loro silenzio. Stanno in silenzio guardandosi. Non cessando mai di guardarsi. Il loro sguardo non indaga, non si osservano per cercare qualcosa di preciso: semplicemente, non possono fare a meno di farlo. Non sono interessati a nient'altro se non a guardarsi l'un l'altra. Come se, dopo un lungo viaggio, fossero arrivati a quel tavolino per contemplare uno straordinario panorama, e adesso, finalmente, potessero farlo. Due sguardi su un unico panorama.

Tra di loro, sul piano del tavolino, ci sono le tazze del tè che hanno bevuto. Sono ormai fredde e vuote, ma ambedue continuano a tenerci le mani poggiate, come se potessero ancora scaldarsi, come se stessero per tornare a berne un sorso da un momento all'altro. Le tazze, e dunque le mani, sono molto vicine l'una all'altra. Basta un leggero movimento perché le dita si tocchino. Infatti succede così; non spesso, ma succede. Il medio destro di lui e il medio sinistro di lei; le dita più lunghe, quelle che fanno meno strada per incontrarsi. Può capitare che le dita siano due: l'indice e il medio. Allora è come se si sfiorassero due antenne: le antenne di due formiche che si sono incontrate lungo il loro sentiero, di due api che si sono incrociate in volo e, nel modo che è proprio di quegli insetti, avessero preso a scambiarsi informazioni.

In realtà l'uomo e la donna si stanno parlando; proprio questo stanno facendo i loro occhi e le loro mani: conversano.

Sono seduti a quel tavolino da un bel po' e continuano a parlare tra loro a quel modo.

Il barista che si sta scaldando poggiato alla macchina del caffè li osserva con calma e considera che non si stancheranno presto. Ci fosse qualcuno lì con cui poterlo fare, scommetterebbe volentieri qualcosa sul momento in cui si toglieranno gli occhi di dosso. Ha l'impressione che dureranno finché terrà aperto il locale.

Né l'uomo né la donna sono clienti abituali di quel caffè; agli occhi esercitati del barista appaiono per quello che sono: non avvocato, né cliente, né giudici né agenti in borghese, neppure carcerati in uscita. Ma estranei di passaggio, forestieri che si sono persi per strada.

Così è stato. L'uomo e la donna sono arrivati alle carceri per caso, dopo aver camminato per tutta la periferia della città. Si sono dati appuntamento sui viali, all'altezza di uno di quei cumuli di pietre cari alla memoria cittadina, e hanno preso ad andare scegliendo una direzione a caso. Camminano sempre molto. Quando sono assieme camminano sempre. Prediligono farlo oltre il perimetro del centro cittadino, spaziando per tutta la periferia, sia a ponente che a levante, sia a nord che a sud, e lo fanno con tale dedizione e assiduità che ben poca ormai della topografia suburbana è a loro ignota. La loro è una relazione squisitamente mobile. Non sono marciatori sportivi, e in ogni caso non marciatori così accaniti da non desiderare di far altro che marciare. Semplicemente non hanno ancora trovato un posto per loro, un posto che valga la pena di qualcosa di più duraturo e consistente di una sosta occasionale.

Un posto per il loro amore, visto che di questo si tratta: che sono innamorati. Camminano molto perché lo stanno ancora cercando il loro posto, camminano sempre perché ne hanno un bisogno urgente, un'insaziata necessità. Quando sono stanchi, o quando piove, o si fa buio, si fermano dove capita, un bar qualunque, una trattoria, qualcosa del genere, dove trovano un riparo per sedersi a prendere fiato. E parlare tra loro, tra loro con le mani e con gli occhi.

Non sono né sordi né muti. Quando passeggiano, spesso parlano con la loro voce. Anzi, può capitare che lo facciano incessantemente. A voce spiegata, bisbigliando o canticchiando, persino, le volte che sono molto tristi o molto allegri, e le parole del loro amore chiedono un di più alle corde vocali. Ma quando si fermano in un locale e siedono l'uno di fronte all'altra, spengono la loro voce e accendono le loro antenne. In modo che nessuno li senta. Ritengono che ciò che si dicono sia di una tale intimità, un'intimità così profonda e fragile, che basterebbe un niente a offenderla, anche una sola parola che potesse spingersi più in là delle loro tazze di tè e giungere alle orecchie di un estraneo. Temono per la loro intimità, perché in verità temono per loro, per ciò che hanno scoperto di essere: amanti che camminano per una strada che non conoscono. Amanti indifesi.

L'uomo muove le dita carezzando delicatamente con i polpastrelli il piano del tavolo. Come se il tavolo avesse una leggera peluria da pettinare per il suo verso. In questo modo parla alla sua donna carezzandola.

La donna, eretta sul busto, ascolta la carezza del suo uomo e un filo di sorriso si insinua dalle gote fino agli zigomi, come una venuzza d'oro. Tiene al dito della mano destra un grosso anello, un vecchio anello maschile, e mentre muove lentamente la mano sul bordo della sua tazza, la pietra intercetta la luce verde del neon e manda un breve segnale. Lo sguardo del barista intercetta quel segnale e volta le spalle al tavolino sotto la finestra, impila con cura le tazzine da caffè sul piano caldo della macchina, e cerca di non pensare a quello che i due si stanno dicendo. Lo fa per discrezione, lo fa per la sorda, sottile paura di scoprire quello che si stanno dicendo. È una paura che non desidera provare.

Si parlano tra loro, così tra loro che se anche lo facessero con la voce, se anche cantassero quello che hanno da dirsi, nessuno potrebbe distinguere le parole dell'uno dalle parole dell'altra. In verità neppure loro saprebbero distinguersi, ormai.

Sei sempre più bella. Come è possibile anche questo? Sono io che non ti vedo più? No, continuo a guardarti, e da questa distanza ti vedo troppo bene per immaginarti. Adesso, proprio in questo preciso momento, vorrei poterti regalare qualcosa. Qualcosa da metterti tra le mani, una piccola rosa del deserto, ad esempio, perché tu potessi renderti conto che ho visto la tua bellezza.

Siamo proprio alla fine del mondo, amore mio, almeno per questa sera. Dove potremmo ancora andare? A meno che non decidiamo di suonare al portone della prigione qui davanti. Sempre che ci facciano entrare, e non lo credo. Ma c'è una sua bellezza anche qui, lo sai. C'è una bellezza anche in questo baretto schifoso. È pur sempre un riparo. È distante ed esotico, come un consolato di un paese molto straniero. Siamo seduti io e te a un tavolino che gode dei privilegi dell'extraterritorialità. E godiamo dell'immunità dei rifugiati. E non ci basta, lo so. Forse ci accontenta, ma non ci basta.

Io e te.

Io e te potremmo essere dappertutto ora. Ci spetterebbe il meglio del mondo e siamo in via Fontevivo. Io e te questa sera davanti a una galera. Vorrei portarti da un'altra parte. Vorrei godere la tua bellezza nella bellezza. Quella indiscutibile, quella che ci farebbe bene e basta. Uno scoglio piatto e asciutto; vorrei che questa notte fosse abbastanza mite perché quello scoglio fosse per noi due casa e giardino.

Una baita alta su un crinale di neve azzurrina. Come nei film, amore mio, come nella vita normale. Perché mai siamo finiti qui? Potremmo aver valicato la valle a quest'ora, starcene su un cocuzzolo a panettone a guardare l'universo intero e constatare che la scia dei nostri passi sulla crosta di neve ci porterà di nuovo a casa. E baciarci, naturalmente. Magari cantare qualcosa.

E riposare, amore mio, riposare almeno un po' da tutto il nostro camminare e cercare e sentire e sapere.

Al tavolo davanti alla finestrella del Caffè Chamonix di via Fontevivo, a notte fatta parlano tra loro i due amanti e non si stancano mai. Si dicono le inutili cose del loro grande amore, le mani calde e sensitive, i piedi freddi e intorpiditi, un sacco di strada alle spalle e altrettanta che li aspetta di fuori. E, come al solito, non un posto per poter restare, ma solo un tè e un tavolino dove almeno per un po' rimanere. E, se non altro, riposare.

C'è un piccolo televisore acceso appeso a un angolo in alto dello chalet Chamonix. È posizionato in modo tale che il barista possa guardarlo standosene nella sua postazione dietro il banco; il volume è tenuto così basso che non è certo a ciò che si dice che il barista è interessato. Ma quando compare la sigla del telegiornale della sera, il barista lascia il tepore della macchina del caffè e con un gesto antico ripiega nella cinta i lembi del grembiale azzurro che porta alla vita: è pronto per chiudere il locale. Batte alla cassa l'ultimo scontrino, lo poggia su un piattino di latta e attende che si apra una fessura nella conversazione tra l'uomo e la donna, una fessura abbastanza ampia perché il piattino ci si infili senza far danni.

In fin dei conti non ha fretta: chiudere il locale alle otto è solo un'abitudine, non una necessità. Potrebbe cenare lì volendo, e magari anche dormirci dentro lo chalet, perché no? Ma non è questo quello che intende fare. Ciò che vuole prima di chiudere è essere sicuro che i due viaggiatori di passaggio, l'uomo e la donna che hanno così ben onorato il tavolo numero tre, se ne partano portando via un buon ricordo dello chalet. Il barista non vuole che tornino, non sono clienti adatti al suo locale, ma è un barista a modo suo romantico e forse non gli dispiacerebbe avere un locale adatto a quel tipo di clienti, così come sarebbe contento di avere un cuore abbastanza in forma per poter ascoltare quello che hanno da dirsi senza doversi sentire addosso quella sottile, incongrua paura che ha già provato. Ci riflette su con calma, poi va al frigorifero delle bibite e prende una bottiglia di spumante. Uno spumante piuttosto andante in verità, del genere che incontra molto tra gli avvocati e i loro clienti. Cerca un bel vassoio lucente e pulito, ci poggia la bottiglia e due bicchieri con il gambo e il piattino con lo scontrino. Dà un'occhiata per constatare l'ampiezza della fessura. Forse basta, pensa, forse no; proviamo.

"Il conto, a quest'ora chiudiamo. Ma lo spumante lo offre il locale."

È fredda, buia e solitaria via Fontevivo, e ritornare in città nel cuore di una notte nel cuore dell'inverno fino al cumulo di antiche pietre nel viale dove si sono incontrati è un viaggio lungo e pesante. Ma i due amanti hanno avuto il permesso di portare il dono del barista con loro, e mentre vanno, di tanto in tanto, possono così fermarsi per scambiarsi tra le mani la bottiglia e bere a garganella un sorso di vino frizzante. Camminando, parlano delle pazzesche cose del loro amore, ma mentre bevono tacciono, e nel silenzio profondissimo che all'improvviso si fa in quella deserta periferia, possono liberare l'urlo che covano da tempo nel cuore. La voce si spande tra loro e silenziosa dilaga oltre la strada fra gli incolti e i magazzini dismessi.

L’Assunta

Nella piazza di Amagertorv c'è una grande fontana ornata di fantastiche creature marine. Nei giorni di mezzo agosto, quando la piazza è gremita dei turisti che hanno appena finito il loro tour in bicicletta della città, se ci si è procurato per tempo un posto a sedere nei tavolini all'aperto del Caffè del Nord, si può vedere il sole tramontare fra gli zampilli d'acqua delle fauci aperte di un tritone, e da lì irradiarsi un esile, perfetto arcobaleno. È un piccolo spettacolo molto romantico, e chi conosce bene la città e le sue stagioni è solito farne dono a un ospite di riguardo, a un innamorato, a chi non tradirà l'intensità del momento, la sua delicata e segreta bellezza. A un tavolino, una giovane donna sta bevendo un caffè con un uomo. La donna è bionda, l'uomo è bruno, e il tramonto sulla fontana è il regalo di addio della donna all'uomo che sta per partire. L'uomo, in verità, non ha ancora reso nota alcuna decisione riguardo la sua partenza; anzi, in questo momento, mentre l'arcobaleno si sta sciogliendo tra i vapori, è dell'idea di non aver ancora deciso nulla in proposito. È sinceramente convinto di essere nel pieno di una discussione, sommessamente condotta tra sé e sé, in merito al partire, in merito al restare.

Senz'altro restare ancora un poco, almeno il tempo per finire con calma il caffè, e dopo, nel caso, saper cogliere il momento opportuno. Questa sera stessa, magari domani, o dopodomani. L'uomo bruno non è indifferente al romantico dono della ragazza che gli è seduta accanto e, con discrezione, sta ascoltando un suonatore di cetra che si è fermato poco discosto a fare la sua serenata. Non solo ha saputo apprezzarlo, ma per un attimo ha follemente pensato di potersi dileguare assieme all'arcobaleno: quello certamente sarebbe stato il momento in assoluto più adatto. Andare senza lasciare alcuna traccia tangibile dietro di sé, se non lo sbaffo di feccia in fondo alla tazza del suo caffè.

E invece restare ancora un poco e, così facendo, finire per inciampare nei propri pensieri, trovarsi costretto a esercitarsi, per inveterata abitudine, in quell'inconcludente résumé che precede ogni partenza, illudendosi, ipocritamente, di posticiparla.

Perché è venuto? Svanito l'arcobaleno, l'uomo ha distolto lo sguardo dalle fauci del tritone e ora giocherella con la tazza del caffè. Perché chiederselo ora che sta consultando i fondi per decifrare l'orario della partenza? L'uomo non è capace di rispondere a se stesso; cerca lo sguardo della ragazza e invoca aiuto: se fosse lei a chiederglielo, allora sarebbe costretto a pensarci per bene. La bionda ragazza ricambia lo sguardo; i suoi occhi sono grigioazzurri e placidamente interrogativi. Se all'uomo bruno sta ponendo una domanda, non c'è ansia né fretta di sapere.

Ma l'uomo fraintende, o forse non conosce la donna abbastanza bene da poter decifrare le sfumature del suo sguardo. Forse, ancora, ha semplicemente bisogno di fraintendere, e si accinge a esibirsi in una confessione completa e sincera.

Perché sei venuto?

Sì: sono venuto per te, questa è la verità. E ti dirò che, così poco propenso come sono al clima boreale e di costituzione per niente adatto agli sbalzi di temperatura, non avrei saputo trovare una ragione altrettanto buona per risalire il pianeta di così tanti paralleli. Sono venuto per incontrarti, per rivedere la meticcia, sono venuto per un rendez-vous con la portinaia che custodisce le chiavi del Nord. Così mi hai salutato, ti ricordi? Vieni, se vuoi; ti apro io la porta. E sono venuto all'avventura. L'ho fatto nello stile di quelli come me, quelli che hai conosciuto dalle mie parti: tra le labbra una canzonetta nuova e in tasca un biglietto con il nome di una donna. Siamo assieme da quando mi sono affacciato agli arrivals.

Di te ho imparato qualcosa, di me ho imparato qualcosa, di tutto quello che è qui intorno non saprei. Come hai ben visto non è che sono andato molto a indagare.

Posso immaginare che qui sotto i nostri piedi ci fossero un tempo terre di sabbie grossolane con tutto intorno il mare, e che nel mare ci fosse del pesce, pesce adatto a scivolare nelle acque basse, grasso e svogliato. E uomini adatti a catturare i pesci, uomini che sapevano camminare nelle acque basse e fredde. Un passo via l'altro fino a un impero, e da quell'impero a questo caffè così elegante, così vezzoso e tiepido, così adatto a immaginare.

Immagino ma non saprei dire se è andata così.

Quello che invece so di questo posto, ciò che certamente ho visto, è un'altra cosa. Io vedo che gli uomini di questo paese hanno fede, e mi pare che credano con ardore in qualcosa che non conosco, un divino che mi giunge nuovo. Non so spiegarmi diversamente il loro sguardo così fermo e melanconico, così universalmente fermo e così universalmente melanconico, voglio dire.

Io, lo vedi, non sono come loro, io sono più obliquo e più gioioso, e cammino per la strada zigzagando mentre loro vanno diritti. Non saprei spiegarmi cosa, se non una particolarissima fede, può tenere la gente in questa posizione così diritta ed elevarla a tanta malinconia. E di quella fede conosco il tempio: dal suo portale di acciaio floreale siamo passati e ripassati parecchie volte da quando sono qui. L'ho voluto vedere appena sono arrivato perché la sua fama l'ha preceduto sin laggiù nella cattolicità rivierasca, nella città dove vivo, la città dove ti sei fermata abbastanza da fare di te una meticcia. Così almeno speravo.

Dimmi tu cos'è il Tivoli se non la più grande chiesa che l'uomo abbia mai costruito. Grande dieci volte San Pietro, cento volte Santa Sofia, mille volte Saint Patrick. Questo è il Tivoli, il luogo dove gli uomini di questo paese alimentano la loro fede nel Dio che non conosco. Il Dio Malinconico. Ascolta l'eco delle corali di nostalgico slow che arriva fino a questo caffè; là c'è chi si raccoglie in meditazione già di prima mattina.

Mi sono fermato a lungo a guardare questi singolari umani varcare la santità del Tivoli; li ho visti trotterellare verso le sue leggiadre absidi di ghisa istoriata, comporsi in coda all'ingresso delle sue cappelle stuccate a fiorami, affacciarsi ai sacelli frigobar di acciaio zincato. Questa gente conosce molte più cose di me, e non posso fare a meno di vedere che si comporta come se aspirasse a saperne ancora di più. E, per inciso, vorrei sapere almeno qualcosa di ciò che loro sanno; mi piacerebbe saper almeno andare più diritto per la strada e non essere sempre costretto a giocherellare sull'orlo della profondità.

Mi sarebbe piaciuto imparare ad amare il loro Dio. E da lui essere amato. Che Dio straordinario deve essere questo, di che stupefacente cognizione della vita deve essere latore, se ha chiesto ai suoi fedeli un luna park per altare! Dispero ormai che questo possa accadere. Peccato; in cambio il fringuello cattolico gli avrebbe portato in dono la vertigine del Mezzogiorno, il bagliore della nudità Mediterranea: la Misericordia. Sempre che il Dio sappia cosa farsene di questa roba.

E ora, se non ti dispiace, fammi pagare i nostri caffè; voglio avere l'onore di scucire un po' di buone, vecchie, salatissime corone: ho notato che mi dà una piacevole ebbrezza affacciarmi all'Europa dal cielo azzurrino di un biglietto da cento.

Amica mia portinaia, dimmi che non ti è pesato essere mia amica, fammi capire che la mia svagatezza non ti ha stancato più del sopportabile, che i miei giochini non hanno corrotto la tua sobrietà. Senza un'amica fidata non avrei potuto andare da nessuna parte in questa città, camminare sopra le strade che attraversano le isole, valicare le migliaia di ponti che si sono messi di sbieco sul mare. Questo mare che si è posto di mezzo ai regni del Nord. Una diga di imperativi morali, una barriera di ribes e aringa fritta nel burro. Qui non me la sarei cavata senza la meticcia, lo so.

E anche se dovessi andare tra poco, portami ancora una volta per favore nella tua residenza di Elsinore.

Mi piace molto Elsinore, mi è bastato un solo giorno per poterlo amare, un solo giorno e una sola notte per poter capire che a Elsinore io ci potrei vivere – davvero – e persino morire.

E tu non puoi immaginare quanto mi faccia star bene anche solo l'idea di aver trovato un posto per fare queste due cose che non mi sono mai venute bene; non da sole una alla volta, men che meno assieme. Non so cosa sia di particolare che mi dia tanta grazia a Elsinore. Forse perché ci si arriva con un treno che non fa rumore di treno, ma fruscia appena e zufola come un mezzo di trasporto soprannaturale.

Ecco, Elsinore è di là da qualsiasi altro posto dove ho dormito, sognato, mangiato la minestra, passeggiato. Elsinore è nell'aldilà.

Voglio dirti che prima di tutto c'è qualcosa della placidità dello Stige nel tratto di mare – o di fiume, o canale che sia, visto che la fisiologia delle acque metropolitane del tuo paese ancora mi sfugge – che il treno bordeggia puntando su Elsinore. E il fatto stesso che ci si possa servire di caffè e snack durante il pur breve tragitto rende ancora più chiaro che si tratta di una traslazione ad altro luogo. Nella cattolicità romana Caronte serviva personalmente gli snack e il caffè nero e non forniva ricevuta né dava il resto, ma con i suoi piccoli guadagni in nero aveva costruito casa alle figlie e onorato con lux perpetua i suoi defunti. Questo ci distingue, noi da voi, la Misericordia, appunto, e i distributori automatici del treno per Elsinore ne sono disgraziatamente privi.

Ma sia quel che sia, Elsinore è un luogo della grazia.

Ci siamo arrivati nel cuore della notte, con il convoglio in coincidenza con l'ultimo volo da sud. Abbiamo attraversato la capitale seduti su leziose poltroncine vellutate, dirimpetto ai finestrini. I cristalli erano così tersi da dare la fallace impressione che fossimo i primi a guardarci attraverso: il viaggio è stato come indugiare davanti a uno screen saver. Non ho visto acqua, ma a un certo punto ho sentito odore di mare e odore di canale; li ho sentiti filtrare nell'odore di caffè della macchina di bordo, come zucchero e saccarina.

Ci sono arrivato a Elsinore – ti ricordi? – portandoti al mio fianco.

Sembrerebbe un particolare stupidamente di circostanza, ma sai che non lo è: sai che non mi faccio avanti per le strade che non conosco, sai che ho paura di inciampare.

Inciampo, naturalmente, perché non so mai dove metto i piedi, inciampo talmente di frequente in questi ultimi anni che preferisco essere portato. Ovunque, tranne nei luoghi che conosco. Dove non ho bisogno di aguzzare la vista cammino leggero e spedito, so farlo con eleganza. Ammetterai che non è niente male camminare al mio fianco dove sono io che posso portarti.

Sono entrato a Elsinore tenendoti a braccetto; dunque, sono entrato da re.

In realtà sono asceso alla soglia di Elsinore. Ed Elsinore mi ha assunto a sé.

Questo non puoi capirlo bene e devo in qualche modo spiegartelo. È necessario che mi soffermi un attimo sulla morte; sulla mia morte in particolare. Ascolta senza giudicare, come è nelle civili abitudini del Nord.

Non ti nego che ho spesso pensato quanto mi sarebbe piaciuto una sera tirar giù il bandone e andarmene; andarmene senza dovermi ficcare ancora una volta le chiavi nella tasca dei pantaloni, ma lasciarle invece lì, a oscillare sulla toppa, o farle scivolare con un bel gesto in un tombino. Andarmene magari in un giorno di fortuna, quando ogni cosa ha preso la sua strada, la strada migliore; andarmene finché il pane che ho fatto è ancora caldo e buono, andarmene senza dover aspettare che diventi ancora una volta, come tutte le volte, crosta. Perché la vita è così, che è sempre più lunga del tuo pane caldo. Nel cuore di certi momenti di particolare leggerezza, in certi istanti di gioia, ti assicuro che sarei sommamente interessato ad essere io a mettere fine alle croste, io che spengo le luci della bottega nel momento più adatto.

Come puoi constatare, qualcosa mi ha fin qui trattenuto.

Vedi, sono terrorizzato dall'idea che, proprio nell'attimo in cui non deve più succedere niente, succeda invece qualcosa, e che quel qualcosa sia l'ultimo e più grande tormento che la vita possa riservarmi. Perché ho paura che la vita, prima di lasciar perdere, si prenda per sé ancora un secondo, o anche solo un infinitesimo nano di secondo, ma tremendo. Ho paura di quello che accadrà in quel tempo che sarà un tempo smisurato. Cosa sentirò, cosa saprò, cosa vedrò, cosa toccherò nel tempo del trapasso?

Non sono predisposto per tanto dolore, noi del Mezzogiorno in genere non siamo portati a sopportare dolori eccessivi. Noi laggiù siamo grandi estimatori di ogni sorta di lenimento, avendo una grande pietà per noi stessi e per il nostro dolore.

Per questo abbiamo inventato la meravigliosa macchina dell'Assunzione. E l'abbiamo sperimentata per prima su Maria, madre del Cristo, la nostra buona madre, la creatura più degna di pietà. A lei è stato risparmiato il tormento del trapasso. Se n'è andata in beatitudine, aspirata in cielo senza contesa tra vita e morte, senza dolore.

Sai quante donne nel mio paese hanno avuto il nome dell'Assunta? Milioni. Sai che le scuole chiudono e chiudono gli uffici e le officine nel giorno dell'Assunta? È un premio, l'Assunzione che tutti noi attendiamo di meritare.

Io ho la certezza che l'altra notte da quel premio sono stato sfiorato. Accarezzato. Aspirato dalla fermata di Elsinore e iniettato nel cielo di Elsinore, tra le dolci ombre delle lampade al sodio delle sue strade diritte e sgombre oltre l'umano; assunto al suo silenzio tra i santi che sommessamente lo popolano. I santi che ho intravisto muoversi con spirituale leggerezza di là dalle finestre esposti senza veli e vergogne, come pale d'altare.

Santi, altre ombre o chimere? Non so; del resto non ho saputo distinguere, oltre le basse siepi dei marciapiedi, i giardini dai camposanti. Avrei raccolto per te, amica mia, fiori nel camposanto di Elsinore non distinguendo i suoi fiori da quelli del vicino di casa.

Nella sfera perfetta e immobile di Elsinore cos'è che val la pena di distinguere? Neppure la serratura della tua porta, credo. Potremmo aver dormito in qualunque altra casa e averlo fatto nella tua. E da quella notte in poi ogni casa potrebbe essere la mia: ho riconosciuto Elsinore come un re esiliato per anni riconosce il suo regno, come riconoscerei il paesaggio che ho sognato tante volte durante le febbri infantili. Quel luogo di là di cui ho nostalgia da quando sono nato.

Torniamoci subito per favore. Nella sfera perfetta e immobile di Elsinore potrò terminare la mia confessione e dirti le cose di cui altrove non oserei parlare. Protetto dall'infrangibile schermo della luce velata delle molte candele che accenderai, potrei perfino restare. E finalmente praticare con te, amica mia, quell'esercizio della misericordia, quella scuola del naufragio che non mi pare attizzi per niente il tuo popolo, a cui hai tenacemente resistito fin qui.

Cosa hanno già fatto questi uomini e queste donne tra loro da non aver più bisogno di toccarsi? O non osano farlo? Nel caso sapessero qualcosa che io non so sulla natura umana, potrebbero aver paura a farlo. O si toccano altrove, in punti e in momenti non visibili? Tu che sei meticcia, bionda amica dal pelo castano, quanta fatica hai fatto per arrivare fin qui in confidenza con me? Quanto ti sono straniero fuori dal sacro recinto di Elsinore? Cammineresti mano nella mano con me per le strade della capitale, davanti al palazzo del re, nei vialetti così ben curati dell'università? Non credo, non so, forse.

Non che non ci sia dell'intimo in questa città. A ben vedere ce n'è a non finire. I bambini silenziosi che giocano con gli aeroplanini di balsa con la carica a elastico sul lungomare non sono forse intimità?

E cosa c'è di più intimo al mondo di una coltre di piume disfatta, inzuppata di lacrime, affacciata a una finestra di Elsinore?

Io me ne andrò presto di qui. Non perché abbia degli impegni e nemmeno perché sono pressato da chissà quali nostalgie. Se proprio vuoi saperlo, ti dirò che me ne vado per discrezione, virtù fino a ieri a me ignota; lo farò per far vedere che ho imparato qualcosa. Tu non verrai con me, naturalmente: una meticcia non saprebbe che partire da sola e un latino non si fiderà mai abbastanza di una meticcia. Fossimo io e te rimasti di là nella celeste Elsinore, si sarebbe potuta rivedere ogni cosa e in quella coltre di piume, forse avremmo potuto dormire noi due, noi due con i nostri occhi inzupparla di pianto. Il fringuello cattolico canta e canta notte e giorno, e con tutto quel cantare non fa che eccitare la vita e fabbricare croste di pane.

Le tre Veroniche

Questa è una fotografia d'occasione. L'occasione è un matrimonio, il matrimonio di mia zia Cesarina. È l'anno millenovecentosessantuno. La fotografia è stata scattata sul ciglio della via Aurelia dall'aia della casa dove andrà a vivere la sposa dopo il matrimonio, che è anche la casa dove lei è nata. La casa dove sono nato anch'io.

Alle spalle della sposa si intravede un fabbricato, una palazzina a un piano. Trent'anni dopo questa immagine, esattamente trent'anni dopo, mia zia Cesarina andrà ad abitare in quella casa. In tutta la sua vita non ha voluto, o saputo, spostarsi per più di venti metri, trenta dei suoi non lunghi passi. Dalle finestre della sua nuova casa, la Cesarina oggi vede le finestre della casa dove è nata. E dove sono nato anch'io. Quella casa, per altro, non è deserta: in quella casa vive sua sorella maggiore, mia zia Carla. Ci vive con suo marito, il silenzioso e forse sordo zio Giuseppe, già gruista dei cantieri navali. Per incontrarsi le due sorelle devono semplicemente attraversare la strada. Essendo quella strada la via Aurelia, la SS n. 1, non è sempre una cosa semplicissima; occorre molta cautela e, proprio come dice la Cesarina, servono "quattro occhi" per non essere travolti dal traffico di camion e automobili che imperversano ogni ora del giorno e della notte. Non era così il giorno del matrimonio. Quel mattino, e siamo intorno a mezzogiorno, la strada appare deserta.

Non del tutto, però. Facendo caso al bordo sinistro della

fotografia, si noterà un ciclista. Lo si vede di spalle nell'atto di concludere l'attraversamento della strada. Pur essendo un piccolo particolare dello sfondo, si vede chiaramente che sta pedalando con grande disinvoltura; oltretutto tiene il manubrio con una mano sola. Non è per niente preoccupato delle insidie dell'Aurelia. È un ragazzo; porta i calzonetti corti e un paio di sandali ai piedi. Ha i capelli piuttosto lunghi, e questo è singolare: non mi pare che fosse una cosa diffusa allora. Non certo tra i contadini e men che meno tra gli operai della fornace Filippi, la fabbrica del paese, che si facevano tagliare i capelli all'umberta, rasati a pelo per impedire che la polvere dei mattoni glieli seccasse, e per non stare sempre lì a lavarseli. Forse era un precursore di quelli che di lì a pochi anni saranno chiamati con disprezzo "cavelon", capelloni. Sul manubrio della bicicletta c'è una sporta che sembra piuttosto pesante. Non so cosa ci sia dentro. Probabilmente il ragazzo fa qualche commissione, ma non so quale.

Quello che è certo è che oggi nessun ciclista si sognerebbe di attraversare l'Aurelia con un carico instabile sul manubrio, senza possibilità di darsi uno slancio per disimpegnarsi da un qualche imprevisto. Allora non era così. Allora passavo le giornate seduto sul muretto davanti a casa, il muretto su cui molto probabilmente si è messo il fotografo che ha scattato questa fotografia, semplicemente a veder passare le macchine. Ne passavano così poche e a velocità così ridotta che c'era tutto il tempo per indovinare la marca e il modello. Credo di conoscere tutte le automobili del mondo, di certo quelle prodotte in quell'epoca, per la semplice ragione che tra la fine degli anni cinquanta e l'inizio dei sessanta, prima delle autostrade, tutte le macchine del mondo finivano per passare dall'Aurelia. Anche le macchine degli artisti famosi, dei ministri, dei papi: l'Aurelia era la strada numero uno.

Ciò nondimeno, nonostante sia praticamente cresciuto su quel muretto in un'epoca di scarsissimo traffico veicolare, mi è stato perennemente interdetto l'attraversamento solitario della via. Questo fino ai quattordici anni, credo, quando ho cominciato a fregarmene di tutto, anche dei comandamenti.

Fino ad allora, nel caso avessi dovuto attraversare, era richiesta la presenza di una zia; se non addirittura di mio nonno o mio padre, due uomini che in linea di principio avrebbero avuto ben altro da fare. Per fortuna "andare di là" era un avvenimento che si imponeva solo raramente. Non avevo amici dall'altra parte, né altro che fosse davvero importante. A parte la fontana dell'acqua da bere e il negozio delle bombole del gas. Ma non sarei comunque mai andato da solo, finché ero un bambino, a riempire damigiane o caricarmi sulle spalle bombole di butano. Forse sarei andato da solo a vedere la Zoia, la figlia del bombolaio, questo sì; magari anche stare un po' a sentirla parlare. La Zoia era bella, riccia e distante tale e quale al suo nome, e io mi sarei volentieri innamorato di lei se solo avessi avuto una anche remota possibilità di successo. Ma lei aveva un nome che era russo e suo padre che era un bolscevico vero venuto da laggiù. Non c'era speranza.

Devo precisare, comunque, che tanta cautela nel proteggermi dai pericoli dell'Aurelia sarebbe stata ingiustificata se avesse avuto origini da ragioni puramente pratiche. Non ero un bambino poco sveglio, e comunque ero sveglio abbastanza per prendere le giuste misure al sopraggiungere di una Millecento o di un Leoncino. La verità è che tante attenzioni avevano altre ragioni assai più profonde e vere di quelle concrete.

Nella grande famiglia di mia madre, la famiglia in cui sono cresciuto, io ero l'unico maschio della mia generazione e di quella che mi aveva preceduto. A parte mio padre, ma lui era ospitato, per così dire, lui era di fuori, e a parte mio nonno, che era il progenitore, non c'erano che donne per la casa. Questo non per ragioni naturali, ma a causa di una grande tragedia. Tanto grande che nessuno della mia famiglia si è mai sentito di parlarmene. Tanto grande che in quasi cinquant'anni di vita non ho mai sentito le tre sorelle, mia madre Adorna e le zie, parlarne con nessuno. Neppure un accenno tra loro o con la loro madre, o le loro amiche. Mai. So solo, ora, che avevano un fratello, e che questo fratello è morto ragazzo in modo tragico, e che in questa morte era coinvolto per somma disgrazia suo padre. Mio nonno. Avevo avuto dunque uno zio che non ho mai conosciuto; in casa c'era stato un altro maschio e quel maschio se n'era andato per una innominabile disgrazia.

Non fosse successa immagino che sarei stato amato con minore struggimento e apprensione; ad esempio avrei potuto scorrazzare di qua e di là dall'Aurelia, sempre che ne avessi avuto un motivo.

Di mio zio ho visto solo, e non più di qualche mese fa, una fotografia che lo ritrae assieme a suo padre. La fotografia proviene dalla stessa scatola di latta per dolci dove è stata trovata quella che avete appena visto. La scatola è ancora nell'armadio della camera da letto di mia madre. L'ho aperta senza chiederle il permesso, ho sottratto la fotografia del matrimonio solo per il tempo necessario a riprodurla; a quella dove c'è mio zio ho dato solo un'occhiata prima di rimetterla a posto. Ho fatto così anche se non ho mai avuto un divieto esplicito riguardo ai ricordi della mia famiglia.

Da quello che posso capire mio zio era un ragazzo alto e snello, con le orecchie a sventola e il naso dei *Garibà*: il mio naso. Mi assomiglia per questo e per come strizza gli occhi, così come faccio io e faceva suo padre. Mio nonno Garibaldi che ha trasmesso a suo figlio e a suo nipote, assieme al naso massiccio e a una certa fierezza, un irrimediabile difetto alla vista. Nella fotografia il ragazzo tiene le mani strette alla canna di un fucile da caccia poggiato con il calcio a terra. È un vecchio fucile a una canna a percussione esterna. Suo padre ha legata alla cinta la sacchetta di pelle dei pallini e tiene a tracolla una stilza di uccelli; tordi, mi pare. Il fucile doveva senz'altro essere suo. Credo che quel fucile sia stato la causa della morte del figlio, ma non ne sono sicuro: è solo una mia supposizione.

Non ho nemmeno mai visto la tomba di mio zio, non so neppure con certezza dove sia seppellito, anche se è probabile che lo sia nel cimitero dove andiamo a finire tutti noi. So solo, e sono venuto a saperlo per vie traverse, come si chiamava. Cesare; e siccome finché è stato in vita era solo un ragazzo, era chiamato Cesarino. Mia zia, la più piccola delle tre figlie di Garibaldi, è venuta dopo di lui e porta il suo nome.

E così ora posso tornare al soggetto principale della fotografia, quella di cui mi sento autorizzato a parlare.

Come si vede bene, la sposa non è sola.

La sposa è ritratta assieme a sua madre e a sua nonna. Che sono di conseguenza anche mia nonna e mia bisnonna. Alla sua sinistra mia zia tiene a braccetto la madre Anita, alla sua destra è tenuta per mano da sua nonna Veronica. Veronica è la progenitrice della famiglia, madre di Anita, suocera di Garibaldi. Volendo dare un nome al soggetto dell'immagine, il più appropriato sarebbe: le Veroniche. Come i componenti maschi della famiglia da lui in poi prendono il nome da Garibaldi, i *Garibà*, in dialetto, così le femmine sono le Veroniche, le *Verò*. Ecco dunque tre generazioni di Veroniche ritratte assieme nel giorno più felice, ne sono sicuro, per la più giovane tra loro. Anche le altre sono felici quel giorno, basta vedere come sorridono al fotografo che le ritrae. Sebbene si tratti di un distinto, particolare sorriso per ogni Verò.

La Cesarina è bellissima e splendente. Non so se si rende conto che non sarà mai più così bella, né mai più ci sarà un giorno come questo, di totale libertà dalla vita. Forse sì, forse lo sa, e per questo il suo sorriso ha un movimento leggermente obliquo, come se stesse contemplando qualcosa che non è all'esterno, verso il fotografo e gli ospiti che stanno guardando alle spalle del fotografo la posa delle tre Verò, ma dentro se stessa. Anche la Cesarina sta fotografando il giorno del suo matrimonio, lo fa con un apparecchio interiore con cui sta scattando un'immagine impalpabile ma che durerà per sempre.

Ha avuto una vita dura e continuerà così per un bel pezzo. Ha venticinque anni e dunque è da undici anni che lavora. Fa la magliaia con macchine che sta pagando con montagne di cambiali. Lavora undici, dodici ore al giorno, in piedi, tessendo su carrelli a forza di braccia. A pranzo mangia un panino con la mortadella seduta su una panchetta fuori dalla porta del fondo dove ha il laboratorio. Il panino lo vado a comprare io alla cooperativa: tre etti di filonetto bianco e un etto di mortadella. Uno per lei e uno per me: pranziamo assieme. Beviamo acqua di Vichy e ci puliamo la bocca con le pere cosce o le melette verdi, a seconda della stagione. L'uomo che ama, e io so che lo ama, l'ha incontrato nella sala da ballo del paese, il Dancing Carlini, dove va l'ultimo sabato di ogni mese, quando c'è l'orchestra. Ci va da quando ha diciotto anni; da allora io l'accompagno.

Essendo al momento, come ho detto, l'unico maschio della famiglia tocca a me infatti portare a ballare la Cesarina. Il mio compito è quello di presidiare la sua dolce modestia, inibendo le avance meno aggraziate e le ostinazioni dei non graditi. È ancora possibile, in quei tempi un po' primitivi, esibendo l'arma della mia semplice, ineludibile presenza. Per molti sabati, e per molti balli dentro ogni sabato, sono stato il suo cavaliere, prima che un giovanotto risultasse così convincente agli occhi miei e agli occhi suoi, da potermi sostituire. Questo significa che ho imparato a ballare sin dalla tenera infanzia, altrimenti che se ne sarebbe fatto mia zia di un nipote messo lì, impalato contro il muro? Ho imparato a ballare tutto il repertorio del Dancing Carlini senza poter tralasciare neppure i balli più moderni e complicati come lo swing e il mambo, solo sostenuto dalla cieca fiducia nell'importanza del mio ruolo. Dio sa se avrei preferito andare al cinema; e non mi sento di escludere che la cosa sarebbe stata assai gradita alla Cesarina, che forse era meno schizzinosa di me in fatto di cavalieri.

L'uomo che oggi sposa ci è piaciuto a tutti e due quasi simultaneamente. Era un giovane uomo educato e silenzioso, alto e forte. Ha avuto l'accortezza di mettermi in mano un cartoccio pieno di duri duri prima di chiedere alla Cesarina il ballo che stava per iniziare. Quello che di lì a un paio d'anni diventerà mio zio ha dato mostra di intelligenza e sensibilità sin dall'esordio: non c'è niente come un sacchetto di duri duri che possa sostenere un bambino nei lunghi e noiosi turni di guardia dei sabati danzanti. Di duri duri non mi pare che oggi se ne vedano più, almeno nei paesi industrializzati, ma hanno avuto i loro grandi momenti per tutti gli anni del dopoguerra e del boom economico: erano bastoncini di zucchero candito, colorati in molti modi fantasiosi e assai resistenti al morso. Sono stati il trastullo con il miglior rapporto qualità prezzo, almeno per tutti gli anni cinquanta. Sono certo che il mio futuro zio abbia rinunciato a cose ben più importanti per sé pur di tenermi costantemente rifornito di quei dolci, essendo questa l'unica strada, alla prova dei fatti, che poteva condurlo a una certa intimità con la sua fidanzata.

Ad un bacio, ad esempio.

A furia di succhiarli, i duri duri mi annebbiavano la vista con una patina di zucchero opaco: erano soldi ben spesi anche per un uomo che ne aveva ben pochi.

Umberto, questo è il nome del ballerino che ha estorto la mia approvazione, era anche meno di un contadino: era un contadino forestiero. Era venuto qui da noi da ragazzino assieme alla sua famiglia, e a diverse altre, espulso dalla sua terra dalla grande alluvione del Polesine nell'anno 1951, l'anno in cui io sono nato. Erano arrivati senza niente, ma proprio niente, tanto che si sono dovuti far prestare gli attrezzi per dissodare la terra che gli era stata assegnata; naturalmente la terra che nessuno voleva. Polesani con cui nessuno aveva voglia di parlare, così strani e taciturni com'erano, così miserabili e capaci di esprimersi unicamente nel loro raccapricciante dialetto.

Umberto è stato il primo forestiero a sposare una ragazza del mio paese; la fotografia non testimonia un matrimonio qualunque, ma una grande novità: la prima unione interetnica di tutta la vallata della Magra.

Guardate ora nel sorriso della madre della sposa; ci sono molte cose, ma noterete sopra quel sorriso un certo cipiglio. Anita aggrotta le sopracciglia volgendo con decisione gli occhi alla sua destra: sorride a tutti mentre riserva il suo sguardo a uno solo; qualcuno più alto di lei, a giudicare dal lieve movimento dal basso verso l'alto dello sguardo. Guarda il suo novello genero. Che sta di qua dalla fotografia aspettando di riavere la sua sposa, buono, buono subendo nel frattempo l'ultimo esame. Non c'è dubbio o ripensamento o sospetto nello sguardo dell'Anita; ci sono invece assenso e accondiscendenza vigili. Conosco quell'espressione perché è stata rivolta anche a me. Sempre da lei. Insieme amorevole e attenta. Vigile appunto.

L'Anita sa che il suo devoto genero, così come il suo amatissimo nipote e ogni altro maschio grande e grosso e nobile e generoso, è nel fondo della sua natura, prima della sua volontà, debole, svagato, facile preda del mondo, incline a improvvise confusioni. Lo sa per la sua lunga esperienza come moglie di Garibaldi e lo sa per coscienza genetica: l'Anita è la leonessa che considera un benintenzionato leone che sta per accoppiarsi con la più giovane dei suoi cuccioli. Gioisce per il compimento naturale delle cose della vita e pone un limite. Non serve che dica qualcosa, e immagino che non saprebbe neppure dirlo. Non credo proprio che abbia mai parlato a suo genero di cose così intime.

Del resto non basta il suo sguardo?

E il sorriso della Veronica? È quella fra le tre che sorride più apertamente, più largamente. Lo fa con gli occhi chiusi, beatamente persa in un'immagine interiore. Del resto lei non ha bisogno di guardare: è veggente. Ha già visto tutto e sa ogni cosa forse fin dal giorno che sua nipote è nata. Se poi c'è qualcosa che ora deve ancora vedere, un ultimo sguardo non saranno i suoi occhi a darlo, ma la sua mano.

Osservate la mano della Veronica che si protende aperta, leggera, tastante come la mano di un cieco. La Veronica non è cieca; morirà di lì a vent'anni avendo ancora i suoi occhi brillanti e acuti abbastanza per andarsene in giro da sola per i campi a cercare piante medicamentose e scegliere erbetti commestibili. La sua mano è la sua vista ulteriore. Ciò che in questa fotografia non si vede è il gesto che l'ha da poco preceduta. La matriarca è appena arrivata; è stata portata al matrimonio a bordo di un camioncino che serve alla famiglia per portare al mercato di Sarzana i prodotti che coltiva. I figli, i nipoti, le nuore e i generi sul cassone, lei nella cabina al fianco del suo figlio più giovane al volante. La sposa le è andata incontro, si è chinata su di lei per baciarla; la Veronica non ha ricambiato i suoi baci. Le ha prima discosto il velo ben bene e poi le ha posto la sua mano sul viso. Il suo palmo aperto è così grande che contiene la faccia della Cesarina tutta intera come una custodia. Ma sono solo le sue dita che premono, tasteggiano la fronte con la stessa delicatezza di un lettore di Braille. Leggono infatti. O scrivono.

Fino a quando ho compiuto vent'anni, e cioè fino all'anno della sua morte, la mano della Veronica mi ha curato tutti i mali indecifrabili per la scienza medica dell'epoca. Mi ha posto la mano sullo stomaco per gli spasmi del piloro, mi ha posto la mano sulla schiena per le frustrazioni dei miei lombi, mi ha posto la mano sulla fronte per scacciare dalla mia mente la paura. Diceva *paura* per nominare ciò che in effetti io stesso non potevo descrivere con chiarezza; usava una parola molto semplice e rozza, e forse, con quello che so adesso di me, usava l'unica parola buona.

La mano è grande, e ipertrofica, sproporzionata rispetto alla figura minuta della Veronica. Ma non è la mano di una vecchia contadina. Non porta ad esempio i segni dell'artrosi che già si notano nelle mani di sua figlia Anita. Il giorno del matrimonio, la Veronica ha settantacinque anni; con gli occhi dell'oggi potrebbe dimostrarne dieci di più. Lei, ma non la sua mano, che si dissocia dal resto del corpo come un'appendice estranea, uno strumento, un attrezzo liscio e tornito, in perfetta efficienza. La mano di un luminare che ha curato un intero paese per tutta la sua vita, finché non se n'è andata. E lo ha fatto, di morire, con tanta discrezione che lì per lì nessuno se n'è accorto. È stata trovata dai suoi nipoti dopo ore e ore di ricerche appoggiata a un ulivo nella chiudenda più lontana, gli occhi chiusi come in questa fotografia, le mani raccolte nel grembiale pieno di olive mature che aveva appena raccolto.

Aveva ottantacinque anni e un mese prima mi aveva chiamato in camera sua per darmi il regalo del mio ventesimo compleanno: una manciata di noci del suo albero. Erano i primi anni settanta e tutt'intorno furoreggiavano gli spiriti rivoluzionari: appena un passo fuori da quella camera le sue noci non erano più niente, neanche per me. Ma in quella camera, nelle sue mani, quelle noci avevano un valore indiscutibile che io sapevo valutare senza bisogno di interrogarmi, o di spiegarmi.

Nella camera dove dormo da dieci anni, c'è un comò in legno di ciliegio, ed è dal primo cassetto di questo comò che la Veronica ha estratto le sue noci trenta anni or sono. Mi si dice che questo mobile sia stato fatto da un falegname di campagna e che la mia bisnonna l'abbia ricevuto in eredità da sua madre; che sia l'unico suo bene scampato al terremoto di Succiso, e quindi portato su un carro fino alla casa di Castelnuovo, dove, dopo la morte della Veronica, è rimasto inusato finché non sono andato a reclamarlo per mia eredità. È ancora in buone condizioni e i tarli pare non ci si trovino troppo a loro agio; gli unici danni notevoli sono quelli che gli procuro io con un uso noncurante. Dopo di me non credo che nessuno lo rivendicherà, ragione per la quale mi sembra superfluo accudirlo in modo particolare. Nel primo cassetto ci tengo ora le mie camicie migliori e sotto le camicie un paio di scatole di profilattici di cui non controllo più da tempo la data di scadenza. Non mi capiterà mai di metterne una manciata tra le mani di un anarchico ventenne come dono di compleanno, o per qualsiasi altra ragione. Il comò della Veronica ha finito la sua stagione di dispensatore di doni.

Quanto è alta la progenitrice? So quanto è alta la sposa: un metro e sessantasei centimetri. Nel giorno delle sue nozze porta i tacchi, e questo la rende più alta, diciamo di altri sei centimetri. Non di più: le sue sono scarpe da cerimonia ma non vistose, non troppo impegnative.

La Cesarina non è abituata a portare i tacchi, nemmeno quando va a ballare. Le sue scarpe da festa sono le "paperine", basse scollate e larghe, comode e adatte a tenere il tempo di un cha cha cha, ma anche per andare e tornare a piedi dalla sala da ballo a casa per tutta la strada Fonda, che è sterrata e spesso scivolosa di erba e rugiada. Quelle di tutti i giorni sono ciabatte qualunque d'estate e calde e pesanti pantofole friulane d'inverno; se piove e deve interrompere il suo lavoro per andare a fare qualche commissione, allora mette degli stivali di gomma, gli stessi che usa per lavorare negli orti quando c'è da irrigarli. Se invece non fa freddo e vuole riposarsi, la Cesarina si mette scalza e se ne va in giro così per casa e fuori. Come sua madre, sua nonna e tutti quanti; come me.

È molto interessante a questo proposito confrontare le scarpe delle tre Verò e i piedi che ci stanno dentro. La sposa ha dunque calzature bianche col tacco. Osservandole bene si scopre che le sono un po' larghe; ha scelto un numero in più della sua misura. Non certo perché pensi di crescere ancora e non solo per stare più comoda: se le leverà di lì a un paio d'ore e non se le metterà mai più. È per via di come sono fatti i suoi piedi, che sono larghi e ossuti piedi di contadina, e per come, lavorando in piedi per tutto il giorno ormai da molti anni, già avverte alla sua età i primi sintomi dell'artrosi: l'ispessimento delle nocche, il prognatismo degli alluci. Per questa ragione deve portare scarpe abbastanza ampie da poter nascondere e proteggere la sua incipiente deformità.

I piedi e l'artrosi la Cesarina li ha ereditati da sua madre. Se i piedi sono dunque gli stessi, e solo più anziani, le scarpe dell'Anita sono invece assai diverse da quelle di sua figlia: accollate, allacciate all'antica, forse loro stesse antiche. Comprate per matrimoni e battesimi, per le grandi messe natalizie, per i funerali, comprate senza risparmio per non consumarsi mai, devono durare già da parecchi anni; infatti, che io mi ricordi, non gliene ho mai viste di diverse ai piedi finché ho partecipato a feste e ricorrenze, né prima né dopo questo matrimonio. Sono scarpe davvero buone e la tomaia è rimasta nel corso degli anni ancora morbida ed elastica per calzare l'artrosi dell'Anita, che è già abbastanza avanti nel suo corso. Nella progenitrice è già giunto a compimento. La Veronica non ha scarpe ai piedi, perché non c'è scarpa comoda abbastanza per contenerli. Porta delle ciabatte, ciabatte da cerimonia; qualcosa, come direbbe lei, tanto per far figura, per non andare scalza al matrimonio della sua nipote prediletta. I suoi piedi sono diventati due zampe, e se la vedeste fra un attimo sciogliere il suo braccio da quello della sposa e avviarsi verso chi le sta davanti – e sono io, il pronipote maschio che la sua mano ora intende toccare – trovereste che si muove come una vecchia gallina. A suo tempo toccherà alle discendenti camminare in questo modo dolorosamente patetico. Per intanto, prima che cominci il grande pranzo nuziale, le tre Verò allevieranno assieme i loro dolori standosene con i piedi ammollo nell'acqua fredda della canaletta che porta acqua all'orto. Sedute sul ciglio di pietra, con un fazzoletto per ciascuna sotto il culo per non sciupare i bei vestiti, nel rispettoso e paziente silenzio dei convitati, faranno ciondolare i loro poveri piedi nell'acqua scura, lamentandosi e risollevandosi con un filo di sospiri.

Sospiri che io conosco bene, fievoli lamenti che hanno lambito i silenzi delle cerimonie più importanti della mia infanzia, echeggiando nelle chiese, scivolando lungo la fila nei cortei funerari e nelle processioni patronali, intercalando le attese di sposi, madonne pellegrine e capipopolo rivoluzionari: la timida voce di protesta dei poveri piedi storpi delle donne di casa mia. Non le ho mai sentite lamentarsi per nient'altro, né preoccuparsi di alcunché che non fosse un qualche modo per non farli soffrire troppo. Quando la sorella più volitiva e mondana dell'Anita, la mia prozia Assunta, anche lei una Verò, è partita per Roma intenzionata ad assistere ai funerali di Palmiro Togliatti, l'unico commento di mia nonna è stato: "*Me raccomando, portete en paro de zavate*". Mi raccomando, portati un paio di ciabatte. E così posso pensare all'Assunta che sciabatta nel mezzo della storia d'Italia. A lei che c'era.

Ma quanto è alta la Veronica?

Fatti i debiti conti, partendo dalla Cesarina e i suoi tacchi, non più di un metro e quarantasette centimetri. Se a sua nipote arriva alle spalle, a me, che sono alto un metro e ottanta centimetri, arriverebbe a malapena al petto; e così era negli ultimi anni della sua vita, quando io ero già sviluppato. Constato adesso, per la prima volta, questo semplice evidente dato di fatto.

Ho sempre pensato invece che fosse un pochino più alta di me. Anzi, non l'ho neppure mai pensato ma, semplicemente, mi sono sempre comportato come se così fosse. Ho continuato a sollevarmi un poco sulla punta dei piedi per essere toccato sulla fronte dalla sua mano fino all'ultima volta che l'ho incontrata; io un giovane uomo, lei una gallina rinsecchita. Forse perché non l'ho mai guardata per intero, non ho mai considerato la sua figura, ma solo la sua mano. E la sua mano è più grande delle mie mani e delle mani di chiunque altro io sappia.

Ho saputo dalla Cesarina che questa nanerottola con la faccia da strega e i piedi di gallina – come potrebbe essere vista oggi se non come scherzo e sgorbio? – certe notti si metteva addosso il pastrano del suo defunto marito tenendo nascosto tra le pieghe il bastone di castagno con cui portava a pascolare la vacca di famiglia, e così conciata andava a cercarsi il genero Garibaldi per le osterie. Accadeva negli anni della guerra appena finita, anni in cui gli uomini sopravvissuti si smaniavano dietro alla vita senza voler sentire ragione, inebetiti nella certezza che non sarebbe mai potuta durare. La Veronica si faceva vedere sulla porta dell'osteria e Garibaldi, lo stimato e imponente Garibà, si alzava e se ne andava dietro di lei. Di certo temeva la sua mano e non il bastone: per vent'anni quell'uomo aveva vissuto facendosi apertamente orgoglio di non temere alcun genere di bastone. Neanche mio nonno, dunque, ha mai avuto idea di quanto fosse piccola sua suocera, confuso dalla grandiosità della sua mano.

Per concludere voglio farvi notare gli abiti delle tre Verò. Non vedeteci miseria, perché non ce n'è. Guardate quello della sposa; siamo nel 1961 e quel vestito è all'altezza del suo tempo. È stato tagliato e cucito da una sarta di Sarzana, una sarta aggiornata e scrupolosa, per questa ragione niente affatto economica nelle sue pretese. La sarta ha tagliato l'abito seguendo un figurino, così si chiamava il modello in carta velina a grandezza naturale, che si è procurato da una modista di una grande città, forse Milano come lei stessa vantava. E non è per niente male, a dire il vero. Semplice, forse un poco ingenuo per via di quell'orlo di pizzo, ma elegante in modo assai dignitoso. E con dignità la sposa lo porta. Forse non proprio con naturalezza: sarà anche per i tacchi a cui non è abituata, per l'impegno nella posa fotografica, ma si vede bene che è un po' rigida la Cesarina, un poco statuaria. Una madonnetta di gesso in bilico sul suo piedistallo.

Ma che importa? È così bella.

Sua madre ha una austera gonna a pieghe e una blusa di seta che si è fatta cucire anche lei a Sarzana, dieci anni prima del vestito della sposa, ma dalla stessa stimata sarta. L'ho vista vestita allo stesso modo, cinque anni prima, per il matrimonio di sua figlia Carla, quindi si tratta di tessuti durevoli. Madre e figlia hanno speso una cifra consistente, denaro che è stato messo da parte per questo, sapendo che anche questo andava fatto bene; che la bellezza, per quello che bellezza volesse dire per l'una e per l'altra, era un diritto e una necessità.

Altro discorso per la Veronica. Lei è in costume, se così si può dire: il suo costume da cerimonia. Che non varia con le stagioni né con la natura delle occasioni. Una larga gonna a scosà, come un grembiale, una camicetta di seta a disegni che risalgono al secolo passato, una giacca di lana sarda e un fazzoletto sempre di lana per la testa. Non so chi glieli abbia cuciti; se poi se li è fatti cucire o li ha ereditati da sua madre questi vestiti. Non so immaginare lei che va da una sarta, ma solo una sarta che va da lei, entra chiedendo permesso nella sua stanza, la stanza con il comò con dentro le noci nel primo cassetto, e prende le misure con l'accortezza, la delicatezza, che userebbe per prenderle al Bambin Gesù.

Ecco, con questa fotografia ho finito. Almeno così mi sembra.

Ah, e io? Io, come dicevo, sono accanto al fotografo, diritto davanti alla Veronica che di lì a momenti verrà a benedirmi con il tocco della sua mano. È un gran giorno anche per me: ho voluto io questo mio nuovo zio e questo matrimonio. Amato con grande struggimento e aspettativa, mi sto sviluppando con grande cautela e a undici anni sono ancora più o meno un bambino. Se mi frugaste nelle tasche dei pantaloni che mia madre mi ha cucito per l'occasione, le trovereste piene zeppe di confetti che ho appena rubato dal grande vassoio lasciato incustodito. Né se mi rivolgeste la parola avreste alcuna gratificazione: ho anche la bocca piena di confetti. Ma tra pochi istanti la sposa prenderà quel vassoio e con un grande cucchiaio lancerà confetti per tutta l'aia e la strada. E ce ne sarà per tutti.

Indice

Stampa Grafica Sipiel
Milano, settembre 2004